彼女を愛することはない

～王太子に婚約破棄された私の嫁ぎ先は呪われた王兄殿下が暮らす北の森でした～

ハルト
（ウィルバート・エックハルト・クルーゲ）
現国王の兄で魔法の天才。
十二歳の時、魔女の勘違いによって
少年の姿のまま、歳を取らない
呪いをかけられる。
リーゼロッテ・シムソン
真面目な努力家で、
清楚で可憐な美少女。
好意を寄せるハルトには奥手だが、
自分の意見をはっきりと述べる
芯の強さを持つ。
Characters

ワルモンド
ハルトの兄で現国王。
幼い頃から優秀な
双子の兄に嫉妬していた。
トレネン
元リーゼロッテの
婚約者で王太子。
ナルシストな性格。
デリカ・シムソン
リーゼロッテの双子の妹。
明るく素直だが、
わがままで天邪鬼。
アダルギーサ
誤ってハルトに呪いをかける。
普段はメイドの
メアリーに変身している。
シャイン・ドラッヘ
温厚で礼儀正しい執事。
主であるハルトに
絶対的な忠誠を誓う。

プロローグ

――二十九年前、王宮にて。

『違う！　僕ではない！　僕は何もしていない！　父上、母上、信じてください！』

僕は王座に座る父上と母上に向かって必死に訴える。

『魔女の呪いを受けたその姿で何を言う！』

『ウィルバート、母はあなたに失望しましたよ』

『見苦しいですよ、ウィルバート兄上』

両親とともに、冷たく弟のワルモンドが言い放つ。

違う、これは彼がやったことだ！

『ワルモンド、君がしたことだろう！　素直に自分の罪を認めてくれ！』

僕の言葉に父上が激昂《げきこう》した。

『往生際が悪いぞ、ウィルバート！　只今をもってお前を廃太子《はいたいし》とし、国は次男のワルモンドを立太子して継がせる！　せめてもの温情で王族の籍だけは抜かずにおいてやる。お前には失望した。北の森にある屋敷での蟄居《ちっきょ》を命じる。そこで一生、おとなしくしていろ！』

『待ってください、父上！　これは誤解です！』
『ウィルバート、あなたは王族の恥です。二度と顔を見せないでちょうだい』
『母上、そんな……！』
父上も母上も僕の言葉に耳を貸さない。
どうして!?　なぜなんだ……！
『さようなら、ウィルバート兄上』
ワルモンドは蔑《さげす》んだ口調で僕に別れを告げた。
『ワルモンド、本当のことを言うんだ！』
違う、僕じゃない、ワルモンドが仕組んだことなんだ！
『ウィルバートを外に連れていけ！』
父上は僕を見据え、控えていた衛士達に命じる。
『『かしこまりました、陛下！』』
衛士達に両脇を抱えられながら、僕はなおも無実を訴え続ける。
『僕は何もしていない！　本当なんです！　父上ーー！　母上ーー！』

第一章　婚約破棄と予期せぬ婚姻《こんいん》

――現在、北の森。

「お目覚めですか、ハルト様」

古いけれど頑丈な造りの家、執事の働きのおかげで埃《ほこり》一つない部屋。

天蓋《てんがい》付きのベッド、窓から差し込む木漏れ日、小鳥のさえずり。

鼻孔をくすぐるアップルティーの香り、心配そうに僕を見つめる執事の顔。

そうか、あれは夢だったのか……

夢だとわかっていても、まだ心臓の動悸《どうき》が収まらない。

「おはよう、シャイン君か。ちょっと嫌な夢を見てね」

差し出されたモーニングティーを受け取り、一口飲んだ。

「夢ですか？」

不安そうな顔で執事のシャイン君が問う。

「そう、城を追い出された時の夢、もう三十年近く昔のことなのにね」

ずいぶん昔の出来事なのに、昨日のことのように鮮明な映像だった。

夢って怖いね。いい加減忘れてもいいだろうに。

「もしかしたらハルト様がその夢を見たのは、この手紙のせいかもしれませんね」

「手紙？」

シャイン君が差し出した銀色のトレイの上には、白い封筒とペーパーナイフが載っていた。

「今朝、王城から使者がやってきて、この手紙を置いていきました」

ワルモンドがよこした使者か……どうせろくなことが書いてないいんだろう。

「王の蝋印《ろういん》の押された封筒ね……嫌な予感しかしないな」

僕はティーカップをベッドサイドのテーブルに置き、手紙とペーパーナイフを受け取った。

これが僕の呪いを解くことに繋がるなんて、この時は想像だにしなかった。

◇◆◇

――翌日、王宮の一室。

私はリーゼロッテ・シムソン。

シムソン公爵家の長女で王太子殿下の婚約者です。

今日は、王太子のトレネン様に呼ばれて王宮のガゼボに来ています。

お茶会にはなぜか、双子の妹のデリカも呼ばれていました。

デリカは殿下の隣に座り、私はテーブルを挟んで向かい側の席に一人でポツンと座っています。

これではまるで、私ではなくデリカが殿下の婚約者のようですね……

いいえ、無駄なことを考えるのはやめましょう。

今日はよく晴れていて小鳥のさえずりが聞こえ、そよ風が吹いていてとても心地よい天気です。優雅にお茶を楽しみましょう。

「リーゼロッテ・シムソン！　貴様との婚約を破棄する！」

王太子殿下が突然私を指差し、そう告げました。

彼の眉間には皺《しわ》が寄り、声を荒らげてとても怒っているようです。

殿下の隣席のデリカを見ると、勝ち誇った顔をしています。

「殿下、私との婚約を破棄する理由をお伺いしてもよろしいですか？」

優雅にお茶を楽しんでいる場合ではなくなってしまいました。

私は飲んでいた紅茶をソーサーに戻し、殿下に静かに尋ねます。

「貴様が双子の妹のデリカを、公爵家や学園でいじめているからだ！」

彼は私を睨みつけ、唾《つば》を飛ばしながらそう言いました。

「えっ？」

身に覚えのないことを言われ、私は驚きを隠せません。

私がデリカをいじめている？　私がデリカにいじめられているのではなくて？

「とぼけるな！　お前がデリカのドレスやアクセサリーを盗んでいることは知っているのだぞ！　デリカを階段から突き落としたり、噴水に突き落としたりしていることもな！　さらに自分のした失敗を全てデリカのせいにしているらしいじゃないか！　先日も公爵が大事にしている高価な花瓶を割ったのを、デリカのせいにしたそうだな！　お前はとんでもない悪女だ！」

殿下がテーブルをバンと叩き、テーブルの上の茶器がガチャッと音を立て揺れました。

私は、殿下のおっしゃった言葉を理解するのに、しばらく時間がかかりました。

全部濡《ぬ》れ衣《ぎぬ》です。

「いえ、それは私がデリカにされたことです。先日、お父様が大切にされていた花瓶を割ったのもデリカで……」

私は弁明しようとしましたが、殿下は聞く耳を持ちません。

「白《しら》を切っても無駄だ！　使用人が、銀髪の若い女が公爵の書斎から逃げていくその後ろ姿を目撃している！」

彼が目をつり上げて私をキッと睨みつけました。

「お言葉ですが殿下、デリカと私は双子の姉妹。デリカも私と同じ銀髪です。使用人はお父様の書斎から逃げていった女性は何色のドレスを着ていたと話しましたか？」

公爵家には銀髪の若い女性が二人います。

幼い頃から両親や周りの大人に取り入るのが上手かったデリカは、両親や使用人に愛され、桃色や赤や黄色などの華やかなドレスを身に纏《まと》うのが常です。

対して私は幼少の頃からデリカに貶《おとし》められ、祖母のお古のドレスしか身に着けていません。

私の持っているドレスは時代遅れの型《かた》で、地味な茶色や濃い藍色の服ばかりです。

今日私が着ている服も、祖母のお下がりの茶色のドレス。

何度も繕ったので、王宮に着てくるには少しみっともないですが、これが私の持っている服の中で一番上等な、正装としてのドレスです。

妹のデリカは桃色のフィッシュテールのドレスを身に纏《まと》っています。

初めて見るデザインのドレスなので、またお父様とお母様にねだって新しいドレスを買ってもらったのでしょう。

「お父様の書斎から逃げた女性が桃色や赤のドレスを着ていたなら、それはデリカのはず……」

「ひどいわ！　お姉様はどうしてそんなことを言うの？　どうしても私に、お父様の大切な花瓶を割った罪をなすりつけたいのね？」

デリカは顔の前に手を当て、泣き真似を始めました。

「大丈夫だよ、デリカ。俺がついている、泣かないでくれ」

嘘泣きをするデリカを殿下が慰めます。

デリカはか弱い少女の振りをするのが得意です。

彼女の泣き真似に騙される人間はとても多く、殿下もその一人だったようですね。

「この嘘つきの性悪女め！　純粋無垢で優しいデリカを泣かすとは何様のつもりだ！」

トレネン殿下がご自身のカップを持ち上げ、その中身を私にかけました。

幸い、話している間に紅茶が少し冷めたようで、ちょっと熱いと思う程度で済みました。

熱々の紅茶だったら火傷を負っているところです。

ですが、大事なドレスに染みができてしまいました。

王宮に身に着けて行ける正装用ドレスはこれ一着しかないのに……

私のドレスが汚れたのを見て、デリカが殿下にはわからないようにほくそ笑みました。

「リーゼロッテ、いいざまだな！　誕生日に俺や母上が贈ったドレスやアクセサリーを『こんな趣味の悪いドレスなんて着られない』と言ってデリカに押し付ける貴様には、紅茶の染みの付いたドレスがお似合いだ！」

殿下が鼻の穴を大きく膨らませてそう言いました。

「お言葉ですが殿下、贈り物は私の手に届くことなく、デリカの部屋に届けられています……！」

王妃殿下や王太子殿下からの贈り物が、私の手に届いたことはありません。

「どうかしらお姉様、素敵なドレスとアクセサリーでしょう？　王妃様とトレネン様に頂いたのよ。お姉様宛だったけど、お姉様にはこんな華やかなドレスは似合わないわ。だから私が着てあげたの！」

王妃様や殿下からの贈り物を身に着け、そう自慢げに話す時のデリカは、優越感に満ちた顔をしていました。

「嘘です！　トレネン様、お姉様はいつも王妃様やトレネン様からの贈り物を、蓋《ふた》も開けずに、箱ごと私に投げつけるのですよ！　わたしはそれを頂いているだけですわ！」

デリカが握った両手を自分の顎《あご》の前に当てながら話しました。

私には、とてもわざとらしく可愛い子ぶった仕草に見えるのですが、男性はこのような仕草に庇《ひ》護欲《ごよく》を掻き立てられるのかもしれません。

「公爵夫妻も、お前が王家からのプレゼントを、蓋《ふた》も開けずにデリカに押し付けていると証言している！　観念しろ、リーゼロッテ！」

私に向けられる殿下の視線はとても冷たいものでした。

「公爵夫妻が漏らしていたぞ。『リーゼロッテは嘘つきで根性が曲がっていて、気弱な性格のデリカをいつもいじめている、どうしょうもない娘だ。娘はデリカ一人で良かった』とな！」

双子の妹のデリカは子供の頃から要領がよく、両親は妹のデリカばかりを可愛がりました。

その一方で長女の私には厳しく、日の出前から夜中までイスに縛り付けて勉強させました。

彼らは次女のデリカを甘やかし、家庭教師が彼女にちょっとでも厳しく言うとすぐに首にしていました。

両親がデリカの嘘を信じて私を悪く言ったのか、それともデリカが嘘つきだと知りつつ、それでもデリカの肩を持ったのか、私にはわかりません。

ですがこの瞬間、両親の期待に応え、ずっといい子にしてきたのが途端に馬鹿らしく思えました。

「リーゼロッテ・シムソン！　悪魔の申し子のような貴様との婚約を破棄し、新たな婚約者に清楚で可憐なデリカを指名する！」

私を再び指差し、そう告げた殿下は次の瞬間にはデリカの肩に手を置き、彼女を抱き寄せました。

「嬉しいですわ、トレネン様」

デリカは頬を染めて殿下に寄り添います。

この二人には、私が何を言っても無駄なようですね。

デリカが身に着けている桜色のシャンパンガーネットのイヤリングと、ピンク色のローズクオーツのネックレスは殿下の瞳の色です。

殿下が身に着けている服は黄色と緑を基調にした軍服ですが、彼の身に着けているピアスはデリカの瞳の色の薄紫《ラベンダー》でした。

私の瞳の色は濃い紫《ロイヤルパープル》なので、私の瞳の色に合わせたピアスを着けているのではなさそうです。

なるほど……王太子殿下とデリカは以前から親密な関係だったのですね。

今回のことも二人で示し合わせて計画していたのでしょう。

二人が婚約するのは別に構いませんが、まともな令嬢教育すら受けていないデリカに、王太子殿下の婚約者が務まるでしょうか？

王太子妃教育は、公爵家の淑女《しゅくじょ》教育に比べて百倍は辛いのですよ。

「殿下からの婚約破棄、承りました」

私は立ち上がり、その場でカーテシーをしました。

王太子殿下に婚約を破棄すると言われれば、従うしかありません。

デリカが王妃教育に早々に音を上げ、私が側室候補として呼び戻されて仕事だけさせられるのは目に見えています。

そうなる前にさっさと修道院に……いえ、修道院も安全ではありませんね。

国外に逃げたほうが良さそうです。

なにせ王太子殿下がするはずの学園からの課題とその仕事の九割をこなしていたのは私ですから。

王太子殿下はこの事実を知りません。

殿下は学園に課題など存在せず、王太子の仕事は全部自分でやったと思っているようですから。

「待て！　貴様には新しい婚約者、いや結婚相手を用意してある！」

踵を返そうとした私に、王太子殿下が告げました。

「えっ？」

殿下は私が驚いたのを見て口角を上げました。

彼は私をいじめるのが楽しいようです。

婚約を一方的に破棄された上に、新しい婚約者まで決まっているのですか？

「お言葉ですが王太子殿下、それはあまりの仕打ちでは……？」

私はどこまで王室に蔑ろにされるのでしょうか？

「これは王命だ！　逆らうことは許されない！」

殿下はそう言って私をギロリと睨みつけました。

王命ですか……

ということは国王陛下もこの件に関わっているのですね。

私はてっきり殿下の独断だと思っていました。

「承知いたしました。それで、私の結婚相手はどなたなのでしょう？」

悔しいですが、王命ではこう答えるしかありません。

外国に逃げることも叶わなくなりました。

「俺と婚約破棄したばかりなのに、新しい男にすぐ色目を使うつもりか？　これだから軽薄な女は困る！」

殿下が蔑むような目で私を見ました。

そうおっしゃいますが、ほかの男と結婚しろと言ったのは殿下ですよ？

結婚相手の家名と身分を知るために、相手の名前を尋ねるのは当たり前ですよね？

「デリカから聞いているぞ、貴様は男と見れば貴族も使用人も関係なく、理由もなく色目を使って言い寄るとな！　清らかなデリカと同じ顔でふしだらに振る舞うなんて、考えただけで虫唾《むしず》が走る！」

彼は吐き捨てるようにそう言いました。

お言葉を返すようですが、誰彼構わず色目を使っているのは妹のデリカです。

王太子殿下は彼女の男グセの悪さと手の早さをご存じないのですね。

ここに来てデリカの男遊びの遍歴《へんれき》まで押し付けられるなんて……踏んだり蹴ったりです。

もっともデリカに夢中になっている今の殿下に、何を話しても聞く耳を持たないでしょうけど。

「貴様の結婚相手は国王の兄であるウィルバート伯父上だ！」

彼はそう言ってニヤリと笑いました。

「ウィルバート王兄殿下、確かあの方は……」

まさか私の結婚相手が王兄殿下とは思いませんでした。

王兄殿下は現国王陛下の双子の兄君に当たるお方、年齢は国王陛下と同じ四十一歳。

彼は魔女に呪いをかけられ、北の屋敷に幽閉されていると聞きました。

「さすが男好き、未婚の男の名前には詳しいな」

彼は私の顔を見て、冷たくそう言い放ちました。

いやしくも王太子殿下の婚約者だった私が、ご存命中の王族のお名前を把握しているのは当然だと思います。

「ウィルバート伯父上は、二十九年前、王太子という身分にありながら市井《しせい》の女と遊びまくっていた」

二十九年前というと王兄殿下が十二歳の時ですよね？

彼はそんな幼い頃から女性と遊んでいたのですか？

「その中に町娘に変装した魔女が紛れ込んでいた。魔女は伯父上に浮気されたことに腹を立て『何股をかける気よ！　ふざけるな！』と言って伯父上に呪いをかけたのだ。魔女に呪われた伯父上は前国王だったお祖父様によって、王太子の身分を剥奪《はくだつ》され、北の森にある屋敷に幽閉された」

王兄殿下が魔女に呪いをかけられたことは存じておりましたが、まさかそこまで曰《いわ》く付きのお方だとは思いませんでした。

「幽閉されても伯父上の女好きは変わらなかったようで、彼の屋敷には今でも平民の女が複数人、通っているという噂だ」

殿下は口元を緩め、目を細めてそう言いました。

彼は私がひどい相手に嫁ぐのが、余程楽しいようです。

私はそのような噂のある方の元に、嫁がないといけないのですね。

とはいえ王命では、私に断るという選択肢はありません。

「承知いたしました。私はウィルバート様と婚約すればいいのですね」

王族が相手なら、まずは婚約から……

「いや婚約ではなく結婚だ！　王命によりすでに婚姻《こんいん》届は受理されている」

そう言った殿下の目は冷たく、口元には勝ち誇った笑みを浮かべていました。

「はいっ？」

それは一体どういう意味でしょう？　本人の同意も結婚式もなく、婚姻《こんいん》届が受理されているなんて。

「私は先程までトレネン殿下の婚約者でした。それなのにすでに王兄殿下との婚姻《こんいん》が受理されているとはどういうことでしょうか？」

「その理由は簡単だ、貴様と俺との婚約は昨日付けで破棄したからだ。伝えるのが今日になってしまったがな。ちなみに昨日付けで俺とデリカの婚約も成立している」

殿下は目を細め、フフンと鼻で笑いました。

デリカは彼の腕に自身の腕を絡め、私を見据えて意地悪そうに口角を上げました。

「トレネン殿下との婚約破棄の件は承知いたしました。王太子殿下とデリカとの婚約を祝福いたします」

まさか、昨日付けで王太子殿下との婚約が破棄されていたとは……

しかも事後報告。

ということは先程の私と殿下の婚約破棄のくだりは、全部茶番だったのですね。

「私と王兄殿下との婚姻《こんいん》がすでになされているとはどういうことでしょうか？　私は婚姻《こんいん》届に署名しておりませんが」

いかなる婚姻《こんいん》でも、最低限本人が婚姻《こんいん》届にサインをする必要があります。

「父である国王陛下が特例を認めたのだ。此度《こたび》の婚姻《こんいん》に限り、国王とそなたの両親である公爵夫妻の署名があれば、本人のものがなくても婚姻《こんいん》を受理するとな」

彼はそう言ってニタリと笑いました。

「そんな、それはあまりにも……」

『横暴です！』そう言いたいが、そうすれば私は不敬罪で死刑になるだろう。

「父上が、最近になって急に伯父上の結婚相手を探しはじめた。そこで男好きで底意地の悪い、悪魔のような貴様に白羽の矢が立ったのだ。俺も貴様が自分の婚約者であることを恥ずかしく思っていたからちょうどよかった。リーゼロッテ、貴様はデリカをいじめるだけでは飽き足らず、学園では下位貴族の令嬢を罵り、家では使用人に辛く当たっているそうじゃないか」

彼は冷たい目で私を睨みつけました。

それをしているのもデリカです。

妹は、己の犯した罪を全て私に押し付ける気ですね。

デリカに視線を送ると、彼女は「お姉様が睨んできます～～！　怖～～い！」と言ってまた嘘泣きしはじめました。

「いい加減にしろ！　この性悪女！」

殿下が眉をつり上げ、声を荒らげました。

そして彼は、テーブルにあったクッキーを私に投げつけました。

お茶の次はクッキーですか、食べ物を粗末にする人ですね。

「お前の顔など二度と見たくない！」

彼は私をゴミを見るような目で睨み、吐き捨てるように言いました。

奇遇ですね、私も殿下の顔を二度と見たくありません。

「北の森に行くまでの馬車を出してやろう！　歩かせて逃げられたら困るからな！」

彼は恩着せがましくそう言いました。

「殿下のお心遣いに感謝いたします」

余計な気遣いです、殿下。

「公爵夫妻がお前のクローゼットにあった荷物をトランクに詰めてくださった！　お前はただ馬車に乗り、北の森にある伯父上の屋敷に行けばいい！」

「はい、殿下」

私の部屋のクローゼットには、お祖母様の古着しかないはずです。

王宮から支払われたと思われる支度金を、両親が私のために使うとは思えません。

となると、トランクの中身は期待できそうにありません。

「二度と王宮にも顔を見せるな！」

彼は眉をつり上げ、厳しい口調でそう言い放ちました。

「承知いたしました、殿下」

王宮には苛烈《かれつ》な王太子妃教育の思い出と、王太子の仕事の九割を押し付けられて苦しめられた辛い記憶しかありません。

そんな場所には、頼まれたって二度と足を踏み入れたくありません。

「お姉様が王兄殿下と結婚してくださってよかったわ。ごきげんようお姉様、結婚おめでとうございます」

デリカが満面の笑みでそう言いました。

彼女の目は冷たく、口元は歪んでいました。

デリカの顔は、私に対する優越感で満ちていました。

私には王命である婚姻《こんいん》を覆すことはできません。

私から婚約者を奪い、私を歳の離れた王兄殿下の元に嫁がせることができて、デリカはさぞ気分が良いことでしょう。

王太子殿下は顔と身分しか取り柄がない、中身はポンコツなのですが……それを今口にしたところでどうにもなりません。

「ええ、ありがとうデリカ。あなたも王太子殿下とお幸せにね」

今の私にできるのは、取り乱したり品位を落としたりすることなく、可能な限り平常心を保ちつつこの場を去ることでした。

私は丁寧にカーテシーをして、踵を返しました。

殿下が王太子の仕事が終わらないと泣きついても、デリカが王太子妃教育が厳しくて務まらないと言ってきても、私は二人の言葉を取り合いませんから、そのおつもりでいてくださいね。

◇　◆　◇

王宮の門を出ると王家が用意したとは思えない、壊れかけたボロボロの馬車が待機していました。

馬車の前には御者が二人います。

「リーゼロッテ様ですね？　北の森のお屋敷までお送りするよう、王太子殿下より命をうけております」

御者の一人がそう言いました。

どうやら私が乗るのは、この壊れかけた馬車で間違いないようです。

馬車に乗り込むと、足元に小さなトランクが一つありました。

おそらく両親が用意したものでしょう。

この小さなトランクだけが、私の嫁入り道具なのですね。

お祖母様の代から使っている年季の入ったトランクです。

やはりトランクの中身にはあまり期待できそうにありません。

北の森に向かう道を馬車がゴトゴトと音を立てて進んでいきます。

今私が身に着けているのは、お祖母様のドレスを手直しした年季の入ったものですし、先程トレネン殿下に紅茶をかけられたので、胸のところに大きな染みができています。

こんな格好で嫁いできた娘を、王兄殿下は快く受け入れてくれるでしょうか？

そんな心配をしていると、御者席から話し声が聞こえてきました。

「公爵家の娘が乗るにしては貧乏臭い馬車だが、彼女は一体何をしでかして、北の森の屋敷に送られるんだ？」

「知らないのか？　リーゼロッテ様は北の森の屋敷に住む王兄殿下の花嫁だよ」

「あの女好きで有名な王兄殿下もついに結婚されたのか？　しかしずいぶん若い嫁をもらったな。羨《うらや》ましいぜ」

「お前、何にも知らないんだな。リーゼロッテ様は、元々王太子殿下の婚約者だったんだよ」

「王太子殿下の婚約者？　そんな順風満帆な人生を歩んでいたお方が、なんだって曰く付きの王兄殿下の花嫁に？」

「知らないのか？　リーゼロッテ様は底意地が悪い上に、素行も悪い男好きだと有名だぜ。その上根性も曲がっていて、学園では下位貴族の娘を、家では妹のデリカ様をいじめていたそうだ。そのことが王太子殿下にバレて婚約破棄されたのさ」

「それが本当ならひどい女だね」

「女遊びがたたって魔女に呪いをかけられて王太子の地位を剥奪《はくだつ》され、北の森に幽閉された王兄殿下。男狂いで他人をいじめるのが大好きな性悪公爵令嬢。破《わ》れ鍋に綴《と》じ蓋、いい組み合わせだ」

「違いない」

王都での私の評判って、こんなにも悪かったのですね。

まさか妹の流した噂が、御者にまで知られているとは思いませんでした。

不覚です。

家と学校、学校と王宮、王宮と家を行き来し、学園では勉学に励み、王宮では王太子の仕事の九割と王太子妃の仕事をこなし、家では王太子殿下と自分の二人分の宿題をしていました。

その間に、妹にいいように利用され、嵌められていたとは……

噂の半分は妹がやったことで、残り半分は妹が私を落とすためについた嘘なのですが……そんなことを今さら話しても誰も信じてくれませんよね。

もしかして……私の悪い噂は王兄殿下の元にも届いているのでしょうか？

『破廉恥《はれんち》な娘め！　お前など一生愛することはない！』

いつか読んだ小説のように、初夜に王兄殿下に冷たい言葉を言われたらどうしましょう？

不安に思っていると、馬車が止まりました。

「お嬢様、着きましたよ。ここが王兄殿下のお屋敷です」

御者に言われ、私は馬車の窓から外を見ました。

屋根に無数の烏《からす》がとまり、窓が割れ、壁に蔦《つた》の伸びた、荒れ果てたお屋敷だったら……と心配していたのですが、馬車の窓越しに見たお屋敷は普通でした。

屋敷の周りを高い鉄の柵が囲み、柵の向こうには綺麗に整えられた芝生があり、向かって左側に噴水が、右側にガゼボがあります。

庭の先に、青い屋根に白い壁の三階建ての大きなお屋敷が見えました。

門から玄関に向かって煉瓦《れんが》の道が続いています。

このようにちゃんと整えられたお屋敷にお住まいなら、もしかしたらお優しい方かもしれません。

噂を真に受けて、王兄殿下を先入観で判断してはいけませんよね。

私に関する悪い噂が妹の流した嘘であるように、もしかしたら王兄殿下に関する悪い噂も、誰かが彼を貶めるために流した嘘なのかもしれません。

御者が馬車の扉を外から開けてくれました。

彼は無言で私の足元にある荷物を持ち上げると、道に投げ捨てました。

呆気《あっけ》にとられている私を客席に残し、彼は御者席に戻ってしまいました。

自分達は手を貸さないから自力で馬車を降りろ……と言いたいようですね。

彼らは、私が悪女だという噂を信じていました。

だからといってこの仕打ちはあんまりです。

それでも彼らに「手を貸して」と告げるのは、悔しい。

御者の手を借りずとも、馬車ぐらい一人で降りてみせます。

私が客席から一歩踏み出した瞬間、急に馬車が走り出しました。

突然のことに、私はバランスを崩してしまいました。

このままでは頭から落ちる……と思ったその時でした。

「そよ風《ブリーズ》！」

私が地面に落ちる寸前、ふわりと風が吹いて、私の体を受け止めてくれました。

風はゆっくりと私の体を地面に下ろします。

地面に座り込む形で着地したので、スカートが少し汚れてしまいました。

「今の風は一体……？」

それにしても、先程の御者二人は最低です！

馬車を降りている途中で、馬車を動かすなんてあんまりだわ。

一歩間違えたら私は死んでいました。

御者に文句をつけたくなりましたが、馬車はすでに見えないぐらい遠くに去っていました。

「大丈夫？」

屋敷のほうから鈴を転がすような美しい声が聞こえました。

私が顔を上げると、少し離れた先に煉瓦色《れんがいろ》の髪にエメラルドグリーンの瞳の、十一歳か十二歳ぐらいの麗《うるわ》しい少年が立っていました。

少年は白いシャツの襟《えり》元に白地に薄い緑のストライプのリボンを結び、金の縁取りのある白い上着とベージュのベストに白の膝丈の半ズボンを身に着け、足元は白の靴下に茶色の靴を履いていました。

彼の着ている服は質が良いように見えます。

それに少年からは、高貴なオーラが溢れていました。

最初、彼を王兄殿下の従者かと思いましたが、身に着けているものから判断するに、使用人ではなさそうです。

だとしたら、この少年は一体？

「立てる？　どこか怪我をしていない？」

少年は倒れている私に声をかけてくれました。

もしかして先程の風魔法は、この少年がかけてくれたのでしょうか？

ほかに人はいないみたいですし、状況から判断してそうとしか考えられません。

「ひどい御者だね、馬車から人が降りる前に出発するなんて」

少年は馬車が立ち去った方向を見て、険しい表情をしました。

私は立ち上がり、服の埃《ほこり》を払います。

「あの先程の風魔法は……」

「僕が使ったんだよ」

やはりこの少年が助けてくれたようです。

「危ないところを助けてくださり、ありがとうございます」

私は塀の向こうにいる少年に頭を下げました。

「僕は当然のことをしたまでだよ。それより君に怪我がなくてよかった」

少年は花が綻ぶように笑いました。

あどけなさの中に、何とも言えない優雅な色気が漂っています。

少年の無垢な笑顔に私の胸がキュンキュンと音を立てました。

「君の荷物はそれだけ？」

少年は道に落ちている私のトランクを見て言いました。

「あっ、はい」

「運んであげたいんだけど……使用人は今手が離せないし、僕はこの敷地から出られないんだ。……悪いけどトランクを持って、玄関の扉を開けて入ってきてくれないかな？」

「わかりました」

少年の話し方や立ち振る舞いから、やはり彼はこの屋敷の使用人ではないようです。

それにしてもこの少年の顔、どこかで見たことがある気がするのですが……？　どこだったでしょうか？

確か……王宮の玄関のホールに少年によく似た人物の絵が飾ってあったような……？

そんなことより！　今は道に落ちたトランクを拾うのが先です！

「きゃっ……！」

トランクを持ち上げようと取っ手を掴むと、鞄の鍵が壊れていたようで中身が道に散乱してしまいました。

元々古いトランクだったのですが、道に投げ捨てられた時完全に鍵が壊れてしまったようです。

「大丈夫？」

少年が心配そうに声をかけてくれました。

「うう……かっこ悪い姿を見られました。

「平気です、少し待っていてください。いま荷物を詰め直しますから……」

私は道に散乱した物を拾い、トランクに詰め込んでいきます。

鞄の中に入っていたのは、お祖母様が使っていた古い普段着用のドレスが数着と、肌着だけでした。

期待してはいませんでしたが、想像以上にひどい。

両親はこの鞄一つで私を王兄殿下に嫁がせたのですね。

私は両親に愛されていないと痛感しました。

「ごめんね、手伝ってあげたいけど……」

「あの、本当に気にしなくて大丈夫ですから……！」

相手はまだ幼いとはいえ異性。

会ったばかりの少年に着替えや肌着を見られただけでも恥ずかしいのに、荷物を拾ってトランクに詰めるのまで手伝ってもらうなんて……耐えられません。

遠くまで散らばった荷物を拾い集め、素早くトランクに詰めました。

蓋が開かないように注意しながら鞄を持ち、鉄柵の扉を開けて屋敷の敷地に入ります。

「痛っ……」

鉄の柵の門を閉める時に手を切ってしまったようです。

人差し指から血がどくどくと流れていきます。

次から次へとトラブルが起こります。今日は厄日でしょうか。

「どうかしたの？」

少年が心配そうな顔で近づいてきました。

「鉄の柵で指を切ってしまったようです」

「古くなって鉄柵が錆《さ》びていたんだね。痛い思いをさせてごめんね。ヒール」

少年が呪文を唱えると、指の傷がみるみるうちに塞がっていきました。

「ありがとうございます。風魔法で助けていただいた上に、回復魔法までかけていただいて、なんとお礼を言ったらいいのか」

「気にしないで、困った時はお互い様だよ」

少年はそう言ってニコリと笑いました。

彼の笑顔は天使のように可憐でした。笑顔がとても綺麗です。

「今日、人が来るのがわかっていたから、外に立って待っていたんだ。でもまさか御者があんな乱暴な運転をするとは思わなかった」

「あなたがかけてくれた風魔法のおかげで、傷を負わずに済みました。改めてお礼を言わせてください。ありがとうございます」

「そんなに気にしなくていいよ。それより、君が無事でよかった」

急に顔も知らない相手に嫁がされて不安でいっぱいでしたが、この少年に会って少しだけ心が落ち着きました。

「あの、申し遅れました。私はリーゼロッテ・シムソンと申します。今日ここに来たのは……」

「聞いているよ。王命で結婚させられたんだってね。僕のせいで迷惑をかけたね」

僕のせいとは……？

はっ！　思い出しました、この少年の顔！

髪と瞳の色は違いますが、若い頃の国王陛下を描いた肖像画にそっくりです！

国王陛下は金色の髪に青い目ですが、目の前の少年は茶色い髪に緑の目です。

国王陛下と王兄殿下は双子の兄弟、お顔はそっくりのはず。

ということは……いま目の前にいる少年は、王兄殿下の隠し子……!?

だから少年は、お屋敷から出ることを許されていないのですね!?

そう考えると、全ての辻褄《つじつま》が合います！

もしかして今回の私と王兄殿下の結婚は、この少年が母親を欲しがったからでしょうか？

少年の実のお母様は何らかの事情で一緒に暮らせないか、逝去《せいきょ》されたのでしょう。

まだ幼いのにお可哀そうに。

「自己紹介をしてなかったね。僕の名前は…………ィル」

「ハルト様ーー！」

その時、お屋敷から男性が走ってきました。

「申し訳ございません、ハルト様！　今日は大事なお方がお見えになるのに、お茶菓子の準備が間に合わず……！」

「大丈夫だよ。花嫁は僕がお出迎えしておいたから」

黒髪に黒い瞳の長身の青年が、ハルトと呼ばれた少年に頭を下げています。

青年は艶やかな髪を後ろで一つに縛り、深い緑色のリボンで結んでいました。

彼は白いシャツに深い緑色のネクタイを締め、グレーのベストと黒の燕尾服を纏《まと》い、黒い靴を履き、白の手袋を着けていました。

彼のベストには金の鎖の懐中時計がついています。

彼が王兄殿下でしょうか？

王兄殿下は四十一歳、黒髪の男性は二十代前半ぐらいに見えます。

もしかしたら王兄殿下は、実際のお歳よりずいぶん若く見える方かもしれません。

それにしては国王陛下とお顔立ちが違いますが……

魔女に呪われたことで髪の色や瞳の色、お顔立ちまで変わってしまった可能性も考えられます。

「リーゼロッテ様ですね？　お話は伺っております」

黒髪の青年が穏やかな笑みを浮かべました。

「リーゼロッテ・シムソンと申します！　ふ、ふつつか者ですがよろしくお願いします」

私は黒髪の男性に慌てて礼をとりました。

彼が王兄殿下だった場合、失礼があってはなりません。

「それはおっしゃる相手が違うかと。わたくしはこの家の執事をしております、シャイン・ドラッへと申します。以後お見知りおきを」

シャインさんと名乗った男性が戸惑ったように微笑みました。

彼は王兄殿下ではなく、このお屋敷の執事さんだったようです。

いくら魔女に呪われたからといって、髪や瞳の色や姿形まで変わってしまうはずがありませんよね……

勘違いしてしまいました。

穴があったら入りたい気持ちです！

ということは……やはり王兄殿下は、双子の弟の国王陛下にそっくりな見た目をしているのでしょうか？

「こちらこそ幾久《いくひさ》しくよろしくお願いします」

私の挨拶に、なぜかハルト様が丁寧に返事しました。

なんだかこれでは、私とハルト様が結婚したみたいです。

「シャイン君、彼女を部屋まで案内してあげて。長時間馬車に揺られて疲れているみたいだから」

「ハルト様、お気遣いいただきありがとうございます。ですが私は大丈夫です」

それより早くこのお屋敷のご当主である王兄殿下にご挨拶をしなくては。

王兄殿下が私の王都での悪い噂をどれくらいご存じで、どれくらい真に受けているかはわかりません。

ですが、嫁いでおきながらご挨拶もしない女には好感を抱かないでしょう。

でも王兄殿下にお目にかかってひどい言葉を吐かれたら……？

そう考えると、少しためらいます。

「君は休むのが先！　目の下に大きなクマ、髪はボサボサ、肌にツヤはないし、手にはペンだこがあるし、どう見ても仕事のしすぎ！」

ハルト様は私の目の下のクマを指差して言いました。

たしかにここ最近、睡眠時間は一日四時間で、食べるものは残り物のサンドイッチだけ。

睡眠時間が不足している上に、栄養のバランスも偏っています。

「今はゆっくり休んで、君の歓迎会はまた今度にしよう」

「疲労回復に効くハーブティーを淹れて、お部屋にお持ちします」

ハルト様と執事さんに気を遣わせてしまいました。

でも、お二人ともとても親切な方のようです。

王兄殿下の隠し子のハルト様と執事のシャインさんがこんなに優しいのですから、もしかしたら王兄殿下も穏やかな人なのかもしれません。


「この部屋を使って」

執事さんにトランクを持ってもらい、ハルト様に案内されたのは、お屋敷の二階にある日当たりのよい部屋でした。

別邸の日の当たらない掃除もされていない小部屋に案内されたらどうしようかと不安に思ってい

たのですが、杞憂《きゆう》だったようです。

部屋の壁紙の色は白く、明るい緑のカーテンが取り付けられ、コスモス色の絨毯が敷かれていました。

部屋の中には、天蓋《てんがい》付きのベッドに猫脚の机と椅子とソファー、白のアンティーククローゼットと大きな鏡がバランスよく配置されていました。

とても可愛らしいお部屋です。

それに掃除も隅々まで行き届き、とても居心地が良いです。

「バルコニーもあるから、好きに使って」

ハルト様が窓を開けると、心地よい風が入ってきました。

「あとでお茶とお菓子をお持ちします」

執事さんが鞄を丁寧に床に下ろし、穏やかな笑みを浮かべました。

「ありがとうございます」

喉が乾いていたので、お茶を頂けるのはありがたいです。

「この家には女性の使用人がいないから、しばらく身の回りの世話は自分でしてもらうことになるんだけど……」

ハルト様が申し訳なさそうな顔でおっしゃいました。

「ハルト様、どうかお気遣いなさらないでください。お風呂も一人で入れますし、髪も一人で梳《と》かせますし、普段着なら一人で着付けられますから」

長年両親と使用人に放置されてきたので、身の回りのことはある程度自分でやれる。

「荷解きですが……」

「大丈夫ですよ、執事さん。荷解きくらい私一人でできます」

さすがに男性の使用人に、女性用の着替えの入った鞄を開けさせるわけにはいきません。

「御用の際は机の上にある鈴を鳴らしてくださいね。すぐに駆けつけますから」

「またね」

「はい、また」

執事さんが恭《うやうや》しく頭を下げ、ハルト様は可愛らしく手を振ってから部屋をお出になられました。

お二人が出られたのを確認し、私はベッドに横になりました。

「おひさまの匂いがするふかふかのベッド！　肌触りの良いシーツ！」

公爵家で私が使っていたベッドより広くて綺麗です。

実家で私が使っていたベッドは小さくて、古くて、壊れかけで、横になっただけでギシギシと音を立てる粗末なものでした。

「実家で私の使っていた部屋より、ずっとずっと素敵です！」

幼い頃に使っていた日当たりの良い部屋は、デリカに衣装部屋として奪われました。

代わりに私にあてがわれたのは、物置として使われていた日当たりの悪い小さな部屋でした。

「ハルト様も執事さんもとても優しくて親切な方です。お二人と一緒に過ごされている王兄殿下も、きっと穏やかで紳士な方に違いありません。噂などあてになりませんね」

ほとんど身一つの私をこのように歓迎してくれたのですから。

でももし、彼らが王都での私の悪い噂を知らなかったら……？

「この先、彼らが私の悪い噂を知れば、手のひらを返されてしまうのかしら……」

王都での悪い噂は全て嘘だと、妹のデリカに嵌められたのだと、私がそう説明したら、彼らは信じてくれるでしょうか？

「考えていても仕方ありませんね、とりあえず荷解きをしなくては！」

私はトランクを開け、普段着用のドレスをクローゼットにかけました。

広くて綺麗なクローゼットに、使い古したドレスが三着。

いささか寂しい気もしますが、何も入ってないよりはましですよね。

「そういえば、今着ているドレスの染み、気になります……洗えば落ちるでしょうか……お古とはいえお祖母様の正装用ドレス、大切に着たいですからね」

クローゼットの横にある大きな姿見を覗き込むと、疲れた顔、傷んだ髪、荒れた肌、染みの付いた古いドレスを纏《まと》った冴えない自分の姿が映っていました。

「この格好で屋敷を訪れたのに、門前払いされなかったのが不思議ですね」

私は今着ているドレスを脱ぎ、汚れていない別のドレスに着替えました。

その時、トントントントンとドアが四回ノックされました。

「リーゼロッテ、お茶とお菓子を持ってきたんだけど、入ってもいいかな？」

ドアの外からハルト様の声がしました。

会ったばかりの、しかも年下の少年に呼び捨てにされるのは複雑な気分です。

公爵令嬢として育った私は、家族以外に名を敬称なしに呼ばれる機会など、滅多になかったのですから……

ですが、彼は王兄殿下の隠し子。

揉《も》め事を起こしたくはありません。

呼び捨てされても黙って受け入れましょう。

「はい、ハルト様」

私が扉を開けると、ティーポットとパンケーキとサンドイッチの載ったサービスワゴンを押したハルト様が部屋に入ってきました。

「ハルト様が自らお茶を運んでくださったのですか？　執事さんは？」

「使用人といえども、男性が若い女性の部屋に入って二人きりになるのはいかがなものかと思ってね」

これも王兄殿下のご意向でしょうか？

王兄殿下は私が想像しているより、嫉妬深い方なのかもしれません。

「ハルト様も男性ですが、私と寝室で二人きりになってよろしいのですか？」

「僕はいいの、リーゼロッテの家族だから」

彼はそう言って朗らかに微笑みました。

ハルト様は王兄殿下の隠し子、ということは私の義理の息子にあたります。

「たしかに、私とハルト様は家族ですね」

家族なら個室で二人きりになっても問題ありませんよね。

ハルト様はニコニコ笑いながら、テーブルにお茶とお菓子を並べました。

「あの、お手伝いを……」

「気にしなくていいよ。君は疲れているんだから、ソファーに座って休んでいて」

ハルト様に促されるまま、私はソファーに腰掛けました。

ソファーは程よい弾力があって、座り心地がとても良いです。

「疲労回復の効果のあるハーブティーだよ」

ハルト様がそう言って、私の前にお茶の入ったカップを置きました。

「美味しいです」

ハーブティーを一口含むと、レモングラスとミントの心地よい香りが口腔《こうくう》に広がりました。

喉越《のどご》しも爽やかです。

「気に入ってもらえてよかった。パンケーキとサンドイッチにも薬草が入っているからね。食べたらきっと疲れが取れるよ」

「ありがとうございます。いただきます」

パンケーキの柔らかな食感が荒《すさ》んでいた私の心を癒やしていく気がしました。

「どうかしたの？」

「いいえ、このように穏やかで落ち着いた空間で、温かいお茶とともに美味しいお菓子をゆったりといただくのは久し振りでしたので」

「えっ？」

「いつも時間に追われていましたから」

ササッと食事を終えることがほとんどでした。

公爵家のメイドに意地悪をされて、冷たいお茶を出されたこともあります。

午前中、殿下に呼ばれたお茶会の時も、私に出されたのはぬるくなったお茶でした。

しかも苦くて、酸っぱくて、変な味がしました。

「そう、君は苦労したんだね」

そう言って悲しげに目を細めたハルト様は、年齢よりもずっと大人びて見えました。

門のところで初めて会った時、彼のことを天使のように可愛らしい少年だと思いました。

ですが、今の彼からは落ち着いた雰囲気が漂っています。

それに、彼の所作は優雅で洗練されています。

時々、大人っぽい表情をする彼はどんな人生を歩んできたのでしょうか？

ハルト様は「ここから出られない」とおっしゃっていましたが、彼はずっとこのお屋敷に閉じ込められているのでしょうか？

彼がこの屋敷から出られないのは、王兄殿下のご意向でしょうか？

「あの、ハルト様……」

「ゆっくり食べて。夕食の時間になったらまた呼びに来るから」

疑問を口にしようとしましたが、ハルト様に遮《さえぎ》られてしまいました。

「はい、ありがとうございます」

私はハルト様をお部屋の外までお見送りして、扉を閉めました。

「ハルト様のことも、王兄殿下のことも、質問するタイミングを逃してしまいました」

私はこの屋敷にずっといるのですから、これからいくらでも質問する機会はありますよね？

第二章　北の森での新生活

リーゼロッテにお茶とお菓子を出して、リビングに戻るとどっと疲れが出た。

「疲れた……」

僕は糸が切れた操り人形のようにソファーに倒れ込んだ。

「ご無理をなさるからですよ。お茶とお菓子なら、わたくしがリーゼロッテ様のお部屋に届けましたのに」

「そうなんだけど……」

なぜかリーゼロッテとシャイン君が、彼女の部屋で二人きりになるのは嫌だった。

理由もわからないまま、僕は疲れた体に鞭《むち》打って、お茶とお菓子をリーゼロッテの部屋まで届けてきてしまったのだ。

「初級魔法のそよ風《ブリーズ》とヒールの呪文を唱えただけなんだけどな……」

まさかこんな簡単な魔法を使っただけで、魔力切れを起こすとは思わなかった。

「ハルト様の今の状態では、初級の魔法を使うのも命取りです。国中の魔石に魔力を供給しているのをお忘れですか？　もっとご自分の体をいたわってください」

シャイン君に怒られてしまった。

「わかっているんだけどね……あの子を見ていたら放っておけなくて」

門の前にいたリーゼロッテは雨の日に捨てられた子猫みたいな顔をしていた。

そんな顔をした少女がいたら、誰だってできる限りのことをしたくなるだろう？

「リーゼロッテ様は美しい方ですね。気立ても良さそうですし、王都での噂とは大違いです」

「シャイン君、噂が全て事実とは限らないよ。誰かが彼女を貶めるために、意図的に悪い噂を流している可能性も視野に入れないと」

昨日、王家の使者が国王の蝋印《ろういん》の押された手紙を届けに来た。

手紙には僕とリーゼロッテ・シムソン公爵令嬢の婚姻《こんいん》の手続きが済んだこと、すぐに僕の家に花嫁を送る旨が記されていた。

僕は手紙を読んだあと、シャイン君にリーゼロッテについて調べさせた。

リーゼロッテ・シムソンは名前だけは知っていた。

公爵家の長女で、十歳の時に王太子トレネンと婚約している。

王太子の婚約者だった彼女が彼との婚約を破棄され、呪われた僕の元に嫁がされてくるんだ。余程の事情があるのだろう。

シャイン君の報告によると、王都で流れているリーゼロッテの噂はひどいものばかりだった。

「リーゼロッテ・シムソンは美形の男が大好きで、年中男漁りをしている」

「シムソン公爵家の長女は王太子の婚約者の立場でありながら、貴族や平民の身分を問わず、美形の男と関係を持っている」

「リーゼロッテは、学園で下位貴族の令嬢を虐《しいた》げている」

「双子の妹のデリカをいじめている」

「双子の妹の手柄は自分のものにし、自分の失敗は妹のせいにしている」

などなど……

だけど屋敷にやってきたのは、仕立てはよいものの、染みのついた時代遅れのドレスを身に纏《まと》った可憐な少女だった。

彼女の荷物は壊れかけた古いトランク一つのみ。

それに彼女はとても澄んだ目をしていた。

リーゼロッテが噂通りの悪女には僕には見えなかった。

「シャイン君、男遊びするような子はあんなに澄んだ目をしてないよ。それにリーゼロッテの手にはペンだこがあった。仕事や勉強に熱心に取り組んでいた証拠だ。彼女が着ている服も、トランクに入っていた服も地味だった。それに、ここに来た時に着ていた服には紅茶の染みがあった。これらのことから推測するに、リーゼロッテは、実家や学園や王宮で何らかの虐待を受けていた可能性が高い」

「虐待ですか？」

シャイン君は驚いた顔をしている。

「王太子との婚約中に何かあったのかもね。シャイン君、リーゼロッテの悪い噂の出どころについて調べてくれないか？」

皆が口を揃えて同じようなことを言うのが気になる。

誰かが作為的《さくいてき》にリーゼロッテの悪い噂を流し、彼女を陥れた可能性も考えられる。

「承知いたしました、ハルト様」

シャイン君が恭《うやうや》しく頭を下げた。

「その必要はないわよ」

突然シャイン君以外の声が聞こえ、リビングの入り口に目を向ける。

そこにはウェーブのかかった真紅の髪とつり目がちな大きな瞳の妖艶な女性が立っていた。

彼女は頭に大きめのトンガリ帽子を被り、胸元が大きく開いていてスカート部分にスリットの入った大胆なまっ赤な衣装を纏《まと》っていた。足元には艶やかな同色のハイヒールを履いている。

見た目の年齢は二十代前半といったところだ。実年齢は恐ろしくて聞けない。

「久し振りね、ハルト」

「アダルギーサか、驚かさないでくれよ」

彼女の名前はアダルギーサ、通称「赤の魔女」と呼ばれている。

僕を双子の弟のワルモンドと間違え、僕に呪いをかけた張本人だ。

ワルモンドが僕の名前を騙り、外で女の子と遊び回っていたとはいえ、魔女が呪う相手を間違えるなんて通常はありえない。

彼女の性格には、かなり迂闊《うかつ》なところがあるようだ。

彼女は二十九年前、ワルモンドと間違えて僕に呪いをかけ、その後旅に出た。

そして一カ月前、彼女は旅から戻ってきた。

その時になって初めて、彼女は僕をワルモンドと間違えて呪ってしまったと気づいた。

間違いに気づいた彼女は一カ月前、僕の屋敷を訪ねてきた。

そして誠心誠意謝罪してくれた。

なので僕は彼女を許すことにした。

彼女は口や態度が悪いから誤解されがちだが、こう見えて結構人情に篤《あつ》いところがあるのだ。

僕にかけられた呪いは、アダルギーサ本人でも解けないらしい。

だが僕の呪いを解く手助けはできると言う。

僕にかけられた呪いを解く方法は一つ。

僕が『真実の愛』を見つけること。

『真実の愛』とは「お互いがファーストキスである者同士が口付けを交わすことプラスアルファ」なんだとか……

「プラスアルファ」の部分がわからないのではどうにもできない。

彼女も「プラスアルファ」の部分は教えられないと言うし……

アダルギーサは僕に謝罪すると、『ハルトの真実の愛の相手を探してくる』と言って、屋敷を飛び出していった。

そして今日、突然戻ってきたというわけだ。

「アダルギーサ様、どうしてこちらに？」

「長年独り身だった王兄が結婚したって風の噂で聞いたから、結婚祝いを持ってきたのよ。甥っ子の婚約者を略奪するなんて、ハルトも隅に置けないわね」

リボンのついたワインボトルを片手に、アダルギーサが目配せした。

「僕にそんな趣味はないよ。ワルモンドが僕とリーゼロッテの結婚を強行したのさ。本人の同意を取らずにね」

「あらそうなの？　アタシはてっきり王太子に浮気され、双子の妹に罪をなすりつけられ、両親に虐待されて育った、可哀想な少女をあなたが救ったのかと思ったわ」

「王太子に浮気され、双子の妹に罪をなすりつけられた？　アダルギーサ、君は何の話をしているんだ？」

「言葉通りの意味よ。リーゼロッテ・シムソンは子供の頃から公爵家の長女として厳しい教育を受けて育った。王太子の婚約者になってからは苛酷《かこく》な王太子妃教育も始まり、眠る時間も満足に確保できなかったみたいね。子供の頃から要領がよく、ずる賢い双子の妹のデリカに両親の愛も婚約者も奪われ、妹がやった悪事を全て押し付けられ、彼女は二十歳以上年上の王兄に嫁がされたのよ」

アダルギーサはそこでふぅ、とため息をついた。

「彼女ならあなたの『真実の愛』の相手にぴったりじゃないかと、目をつけていたの。まさかアタシがちょっと目を離した隙に二人が結婚していたとは思わなかったわ」

「じゃあ、男遊びを繰り返したり、学園で貴族の令嬢をいじめたりしたのは……？」

「リーゼロッテではなく、全て双子の妹のデリカよ。彼女は王太子妃の教育が忙しくてそんなことをしている暇はなかったわ。自分の汚名を姉に着せ、婚約者を奪い、ひどい噂まで流すなんて、デリカって女は最低ね！」

眉毛を寄せ吐き捨てるようにアダルギーサが言った。

「そうだったのか……」

僕が推測した通り、リーゼロッテに関する噂は彼女を貶めるために意図的に流されたものだった。彼女は家や学園や王宮で、そんなひどい仕打ちを受けてきたのか。

「リーゼロッテ様、お可哀想ですね」

シャイン君がハンカチで目元を押さえた。

「リーゼロッテの境遇はどこかの誰かさんと似ているわね。双子の弟に冤罪をかけられ、王太子の座を奪われた誰かさんと」

アダルギーサが僕の目を見てそう言った。

「昔のことだよ。そもそも誰のせいでこんな目に遭っていると思っているのさ」

僕は彼女の顔を見て、肩を落としながらため息をついた。

「だってあいつに名前を聞いたら『ウィルバート』って名乗ったんですもの。まさかワルモンドが双子で、奴が兄の名を騙って遊び回っていたなんて思わないじゃない！　そんなの、三百年生きた魔女でも見抜けないわ」

アダルギーサが肩をすくめ、困ったように眉をひそめた。

彼女の年齢は三百歳だったのか。思わぬところで年齢がわかったな。

面倒だからこのことには触れないでおこう。

「それで事実確認もせずに、僕に呪いをかけて逃走したわけ？」

「逃走じゃなくて、失恋旅行よ。ちゃんと戻ってきたでしょう？」

「二十九年も経ってからね」

戻ってくるのが遅すぎるよ。

「まさか、アタシをゴミのように捨てた男の本当の名前がワルモンドで、貴族の令嬢と結婚して、双子の兄を蹴落《けお》として王太子の地位をゲットして、十年後に国王に即位して、城でのうのうと暮らしているとは想像もしなかったわ」

奥歯を噛《か》みしめ、悔しそうにアダルギーサはそう漏らした。

「君が王宮に乗り込んで、『ワルモンド・クルーゲ、よく聞きなさい！　一年以内にウィルバートの『真実の愛』の相手を見つけ、彼の呪いを解きなさい！　それができなければ、お前の顔をゴブリンに変えるわ！　あんたの家族の顔もゴブリンに変えてやるんだから！』と言ってワルモンドを脅すから、弟が暴走したんだ。結果、国王が権力を使って僕とリーゼロッテを無理やり結婚させるなんて暴挙に出たんだろ？」

ワルモンドは呪いにかけられた僕を三十年近く放置してきた……

彼が、今頃になって僕の呪いを解く気になった理由は一つ。

魔女に「顔をゴブリンに変えてやる！」と脅されて怖くなったからだ。

「だって、呪いをかけられたワルモンドが苦しんでいる姿を想像してウキウキしながら戻ってきたら、あいつは好きな人と結婚して国王になって、子供までいて、お城でぬくぬくと暮らしているんですもの。あれぐらいのこと言ってやらないと、アタシの気持ちが収まらないわよ！」

余程悔しかったのか、彼女は眉間に皺を寄せ、拳を強く握りしめた。

「わたくし、一つ引っかかっているのですが、ハルト様にかけられた呪いを解く方法は、『真実の愛』を見つけることでしたよね。魔女様曰く『真実の愛』とは『お互いがファーストキスである者同士が口付けを交わすことプラスアルファ』でしたよね？　それがどうしてリーゼロッテ様とハルト様を無理やり結婚させることに繋がるのですか？」

シャイン君が小首を傾げた。

「そういえばワルモンドには、ハルトの『真実の愛』の相手を見つければ呪いが解けるとは教えたけど、『プラスアルファ』についてはは説明しなかったわ」

アダルギーサはやはりちょっと抜けている。

「だから奴はきっと、『真実の愛、つまり床をともにすること』と解釈したんでしょうね」

たしかにワルモンドなら、『真実の愛』をそう解釈しても不思議ではない。

「ワルモンドは、結婚してもハルトがその気にならなかった時のための保険をかけた。それが、リーゼロッテをハルトの結婚相手に選んだ理由ね。リーゼロッテには見目の良い男なら年齢や身分にかかわらず誰でも襲うという不名誉な噂があったから。ハルトがその気にならなくても、リーゼロッテのほうから誘惑してことに及ぶと思ったんでしょう」

ワルモンドはそういう手段しか考えられないのかな？

「だけど、リーゼロッテに関する噂は彼女を陥れるためにデリカが流したデマだった。だから、ワルモンドの目論見《もくろみ》は外れたってわけ」

アダルギーサの説明に、シャイン君は「なるほど」と言って納得した。

「愚か者のワルモンドが考えそうなことよね。床をともにすることで解ける呪いなんて、女好きのワルモンドにはご褒美《ほうび》にしかならないじゃない。アタシがそんな呪いをかけると思っているのかしら？」

アダルギーサが吐き捨てた。

ワルモンドは昔から思慮《しりょ》が浅いところがあったからな。

「というか、君がワルモンドにかけようとした呪い、奴には絶対に解けないよね？　弟が君と付き合っていた頃には、奴はとっくにファーストキスなんて済ませていただろうし……」

「ハルト、気づいた？　相手が絶対に解けない呪いをかけるから楽しいのよ。それが魔女が恐れられている所以《ゆえん》ね」

彼女は、妖艶な顔で楽しそうに笑った。

怖っ！　魔女を敵に回すのだけはやめておこう。

「だけどハルトならこの呪いを解けるわ！　なんたってあなたは、子供の頃は勉強一筋で色気皆無！　この屋敷に閉じ込められてからは女っ気ゼロ！　四十一年間も独身！　童貞！」

アダルギーサは、僕の痛いところをついてきた。

「ハルト様はファーストキスもまだのピュアなお方ですが、リーゼロッテ様はどうなのでしょうか？　彼女には婚約者がいらしたのですよね？」

シャイン君まで四十過ぎの僕をピュア呼ばわりするの？

「大丈夫よ！　その辺りはちゃんと調べてあるわ！　リーゼロッテは王太子に邪険に扱われてきたらしく、彼に手すら握らせてないわ！」

そうか、リーゼロッテはファーストキスもまだなんだ……

「ハルトの初恋の相手にはちょうどいいんじゃない？　試しに彼女と恋愛してみたら？　呪いを解くためのプラスアルファが何かわかるかもよ？」

「わたくしもアダルギーサ様の意見に同意します、ハルト様！　ぜひ、彼女と恋愛してください！」

「二人とも落ち着いて。リーゼロッテと僕の年の差は二十三歳だよ。彼女が僕を恋愛対象として見ることはないよ。だいたい、リーゼロッテは家族に裏切られ、長年支えてきた王太子に婚約を破棄されて傷ついているんだ。まずは彼女の心の傷を癒やさないと」

彼女は今、恋愛をするような心境じゃないだろう。

それに、この件に彼女を無理に巻き込みたくない。

「なんでもいいけど、悠長に構えている時間はないわよ。このままかけた呪いが解けなかったら、あなたは一年後には……くに落ちるのよ」

アダルギーサが急に真面目な顔になった。

「僕はそれでもいいと思っている。呪いなんて、他人に迷惑をかけてまで解くものじゃないからね」

「わたくしは、ハルト様がどこに落ちたとしてもついていきます」

シャイン君が僕に向かって恭しく礼をした。彼の忠誠心を嬉しく思う。

「ですがハルト様の呪いが解けるなら、そちらのほうがずっといいです」

そう言ったシャイン君の目は少し悲しげだった。

彼も、本心では僕に呪いを解いてほしいと思っているんだね。

「意固地なハルトを短時間で説得するのは難しそうね。それより可愛い女の子が嫁いできたのに、この屋敷には花嫁のお世話するメイドの一人もいないわけ？」

アダルギーサが急に話を変えた。

「この屋敷に僕とシャイン君しか住んでないことは、君も知っているだろう？」

「ならリーゼロッテの身の回りは誰が世話しているの？　もしかして彼女が自分で？　新婚なのにそれは可哀想だわ。仕方ないわね、アタシが一肌脱いであげる！」

アダルギーサの瞳がキラリと光った。

「えっ……？」

なんだか嫌な予感がする。

「そこの二人、嫌そうな顔をしない。アタシね、一度でいいから、黒髪黒目の三つ編みおさげのメイドになってみたかったのよね〜〜！」

彼女は楽しそうに魔法でメイド服を出した。

◇◆◇

太陽の日差しがベッドに降り注ぎます。

その光が眩しくて、私は目を覚ましました。

枕元にある時計を見ると、九時を過ぎています！

「もうこんな時間！　急いで学園に行く支度をしなくては！　いけない、王太子殿下の分の宿題がまだ終わってないわ……！」

私は慌てて起き上がり、自分が豪華な天蓋付きベッドに寝ていたことに気づきました。

緑のカーテンが開かれ、部屋の中に朝日が降り注いでいます。

綺麗に掃除された居心地の良い部屋、趣味の良いアンティークの家具……それらを見て、私は王兄殿下に嫁いできたことを思い出しました。

「おはようございます、リーゼロッテ様」

不意に背後から声をかけられ、心臓がビクリと音を立てました。

「ふぁっ！　あの、あなたは……？」

振り返ると、艶やかな黒髪を両サイドで三つ編みにしたメイドさんが立っていました。

頭には白いヘッドドレスを着け、黒のロングのワンピースの上に白いフリルのついたエプロンを纏《まと》っていました。

少しつり目がちな大きな目、整った目鼻立ちのとても美しい人でした。

それに何と言ってもスタイルが抜群です。

もしかして部屋のカーテンを開けてくれたのも、このメイドさんでしょうか？

「リーゼロッテ様、朝は紅茶にいたしますか？　それともコーヒー？」

「えっと、では紅茶で」

「かしこまりました」

メイドさんがにっこりと微笑み、陶器のカップに紅茶を注いでくれました。

部屋の中に紅茶の甘い香りが漂います。

「あったかい、それにとっても美味しいです」

モーニングティーを淹れてもらったのなんて、何年振りでしょう。

「この紅茶には心を落ち着かせる成分が入っております」

「そうなんですか」

リラックスした気持ちになったのはそのせいなのですね。

「ところであなたは？」

昨日ハルト様が、このお屋敷には女性の使用人はいないとおっしゃっていました。

「申し遅れました、私の名はエミリー、この家の主からリーゼロッテ様のお世話をするように頼まれました」

もしかして王兄殿下が新しくメイドさんを雇ったのかしら？

だとしたら私のためですよね？　やはり王兄殿下は、噂よりもずっと優しい方のようです。

「私、昨日……初夜をすっぽかしてしまいました……！」

ハルト様とお茶を飲んだあと、睡魔《すいま》が襲ってきて……そのまま朝までぐっすり眠ってしまいました！

「この家の当主である王兄殿下に挨拶もせずに眠りこけていたなんて……不覚です！」

「そのことならご心配には及びません。王兄殿下が申しておりました、『リーゼロッテはよく眠っているようだからそのまま寝かせておくように』と」

「そうだったのですね」

メイドさんの言葉を聞いて私はほっと胸を撫で下ろしました。

ということは王兄殿下は昨日、私が眠ったあと、私の部屋にいらしてくださったのですね。

王兄殿下に初めて見られた顔が寝顔なんて恥ずかしいです。

「あの、私……昨日、ドレスを着たまま眠ってしまって……」

昨日寝る前に着ていたのは祖母の古着のドレスでした。

ですが、今私が身に着けているのは見たことのない薄地のシュミーズ《肌着》ドレスです。

「私の着替えはどなたがされたのでしょう？　ま、まさか王兄殿下が⁉」

「リーゼロッテ様のお着替えは私がいたしました。どうかご安心ください」

「そ、そうだったのですね」

それを聞いてほっとしました。

「髪を梳《と》かしましょう。こちらにいらしてください」

「はい」

「あら、よく見たらあなたの髪、大分傷んでおりますね」

「えっ？」

「お肌もカサカサ、目の下にクマまで……！」

メイドさんが、私の髪や肌をジロジロと見ています。

「それは……」

睡眠不足、栄養失調、手入れ不足、いろいろたたって私の髪とお肌はボロボロです。

「今すぐ湯浴みの支度をいたします！　私の調合した特製の入浴剤とシャンプーとトリートメントと石けんをお使いくださいませ！　特製の入浴剤を入れたお風呂につかればお肌はつるつるに、特製シャンプーとトリートメントをご利用になれば髪はつやつやになりますわよ！」

「そうなんですか？」

髪やお肌がつるつるスベスベになるなら試してみたい。

メイドさんに勧められたので、お風呂に入ることになりました。

朝からお風呂に入るなんて贅沢《ぜいたく》は、何年振りでしょうか？

用意してもらった入浴剤やシャンプー、石けんもお花の良い香りがします。

◇　◆　◇

「リーゼロッテ様、遅いですね」

朝食の支度を終えたシャイン君が、懐中時計を見ながら呟いた。

「アダルギーサが起こしに行ったはずだよ。余計なことをしていないといいけど……」

キッチンの隣にある食堂には、すでに四人分の皿やフォークなどが用意されている。

リーゼロッテとアダルギーサが来るのを待つだけだ。

昨日一度にいろんなことが起きて彼女も疲れているだろうから、ゆっくり寝かせてあげたい。

だから今日の朝食は遅めの時間にしてもらった。

「駄目ですよ、ハルト様、メイドの姿のアダルギーサ様は『エミリー』様とお呼びしないと」

シャイン君がさりげなく僕に注意した。

「そういえば昨日、アダルギーサが『一度エミリーとかフローラとか、可愛い名前を使ってみたかったのよね』って言っていたっけ……」

昨夜、アダルギーサは赤い髪を魔法で黒く染めて三つ編みにし、白のヘッドドレスと漆黒のワンピースの上に白いエプロンを装備して、ウキウキとはしゃいでいた。

シャイン君とそんな話をしていると、食堂の扉が四回ノックされた。

「お待たせいたしました、ご主人様」

食堂に入ってきたアダルギーサが、僕を見てニヤリと笑う。

勘弁してよ、魔女の主《あるじ》になった覚えはないよ。

アダルギーサに続いて輝くような銀髪の少女が部屋に入ってくる。

僕は少女の美しさに目を奪われた。

「えっ？　リーゼロッテ……なの？」

腰まで届く銀色の髪は艶やかに光を放ち、白い肌は白磁のようにきめ細やかだった。

顔には薄く化粧を施されていて、昨日僕が見た、ボサボサの髪に、ガサガサの肌の、目の下にクマのある疲れ切った少女とは別人のようだった。

彼女は髪をハーフアップにして後ろを青いリボンで結んでいる。

彼女の纏《まと》っているのは、白の長袖ブラウスに青い膝丈のスカート。

襟《えり》元に青いリボンを結び、白い靴下と青い靴を履いていた。

昨日、時代遅れのデザインの染みの付いたドレスを着ていた少女と同一人物とはとても思えなかった。

彼女は職人が精魂込めて作った人形のように美しかった。

少し俯《うつむ》いているリーゼロッテの頬は、ほんのり赤く染まっていた。

「起きるのが遅くなってしまいました。お待たせしてすみません」

「君は疲れていたんだから、そんなこと気にしないで」

「メイドさんにいろいろとしていただいたのですが……おかしいでしょうか？」

リーゼロッテは自分の格好を気にしているようだった。

彼女を、ジロジロ見すぎただろうか？

「あっ……、いやそんなことは……」

リーゼロッテにまっすぐに見つめられ、僕は照れくさくなって視線を逸らした。

昨夜、僕は彼女の心の傷を癒すことを優先して、恋愛する気はないと、シャイン君とアダルギーサに伝えた。

そう決めたはずなのに……

彼女を見ていると、どうしてこんなに胸がドキドキするんだろう？

着飾った彼女が僕の理想のタイプだったから？

だから心臓が激しく音を立てているのか？

それとも、僕は最初に会った時に彼女に特別な感情を抱いたのか……？

いやいや、そんなはずはない！

二十九年間も屋敷に閉じ込められていたからだ。

リーゼロッテを見て胸が激しく鼓動するのは、僕が女性に慣れていないからだ。

そうに違いない。

ちなみに、アダルギーサは僕の中で「魔女」という分類で、「女性」のくくりには入らない。

なので、アダルギーサを見ても僕は全くドキドキしない。

「リーゼロッテ様、『メイドさん』なんて他人行儀な呼び方はおやめください。私のことは『エミリー』とお呼びくださいませ」

「はい、ではエミリーさん」

「ところでそちらにいる殿方は、美しく変身されたリーゼロッテ様を見て、何か言うことはないのですか？」

アダルギーサが僕をギロリと睨む。

「えっ、あっ……うん、そうだね。僕も何か言おうと思っていたんだ。その……え～～っと。か、可愛い………」

僕の言葉を聞いたリーゼロッテの顔がさらにほのかに色づく。

「か、可愛いドレスだね」

素直に「可愛い」と言えず、ドレスのことを褒めたことにして逃げてしまった。

「そう……ですよね。ハルト様はドレスのことをおっしゃったのですよね。私ったら自分のことを言われたと勘違いして……恥ずかしい」

リーゼロッテはしょんぼりとした顔で俯いた。

ごめんね、君を傷つけるつもりはなかったんだ。

「一つ聞きたいんだけど、君は今着ている服をどこで手に入れたの？」

昨日、偶然彼女のトランクの中身を見たけど、地味な色の古びたドレスしか入っていなかった。

「私が今着ている服は、王兄殿下からの贈り物です」

リーゼロッテは目を伏せ、恥ずかしそうに言った。

彼女の口から出た「王兄殿下からの贈り物」という言葉に、僕は一瞬自分の耳を疑った。

僕はリーゼロッテに何も贈ってない。

もしかしてシャイン君が僕の名義で贈ったのかな？

隣に立つ彼をちらりと見ると、シャイン君は無言で首を横に振った。

彼でもないとすると、残された可能性は……

アダルギーサがしたり顔でこちらを見ていた。

王兄の名前で彼女にドレスを贈ったのは、アダルギーサで間違いないようだ。

「お綺麗ですよ、リーゼロッテ様。白いブラウスも青いスカートもよくお似合いです」

シャイン君の言葉に、リーゼロッテが瞳を輝かせた。

「ありがとうございます、シャインさん！　私、新品の服を着るのは数年振りなんです！　しかも、こんなエレガントでキュートなお洋服を用意していただけるなんて、とっても幸せです！」

リーゼロッテがシャイン君を見てにっこりと笑った。

シャイン君もリーゼロッテに穏やかな微笑みを返した。

なぜだろう？　二人のやり取りを見ていると胸の奥がもやもやする。

こんなことなら、一昨日、シャイン君を王都に行かせた時、ドレスの一着くらい買ってきてもらえばよかったな。

「シャイン様は及第点《きゅうだいてん》、ご主人様は落第点ですね」

アダルギーサが僕に白い目を向ける。

「ぐっ……！」

しょうがないだろ！

十二歳の時から二十九年も森の中にある屋敷に幽閉されているんだ。

その間、女っ気なんて全然なかったし、僕は女性を褒めるのに慣れていないんだよ。

「あのエミリーさん、王兄殿下はまだお休みなのでしょうか？　私、お屋敷に来てから一度も王兄殿下にお会いしていなくて……。王兄殿下にきちんとご挨拶したいのですが……」

リーゼロッテの言葉を聞き、シャイン君とアダルギーサはポカンとした。

「ちょっとハルト、あなた、リーゼロッテに自己紹介しなかったの？」

アダルギーサが呆れ顔で僕を見る。

メイドの演技はどうしたの？　素が出てるよ。

「そういえば、自己紹介をしようとした時にシャイン君が来て、途中になってしまったような……？」

「ご主人様、リーゼロッテ様が混乱なさっています。彼女にきちんと自己紹介なさってください」

アダルギーサに言われ、僕は椅子から立ち上がり、リーゼロッテの前まで歩いた。

コホンと咳払いをしてから、改めて自己紹介した。

「僕の名前はウィルバート・エックハルト・クルーゲ。現国王ワルモンドの兄であり、この家の当主です」

王族の礼にのっとった挨拶をすると、リーゼロッテは目を白黒させていた。

「えっ……と？　あの……ハルト様が王兄殿下なんですか……⁉」

リーゼロッテが言葉を発するのに一分以上かかった。

「うん、そうだよ、名乗るのが遅れてごめんね」

「私はてっきり、ハルト様は王兄殿下の隠し子なのかと……」

リーゼロッテは驚きと困惑の混じった表情で僕を見た。

彼女は僕を王兄の隠し子だと思っていたのか。

王兄ウィルバートは女好きのろくでなしという噂が王都で流れている。

隠し子の一人や二人いると思われても仕方ないか……

でもちょっとだけ傷ついたな。

「リーゼロッテ様。ハルト様の名誉のために申し上げますが、ハルト様は隠し子を作るような不誠実な人間ではありません」

シャイン君が僕のフォローをしてくれた。

「ハルト様、隠し子だなんてひどいことを言ってすみませんでした！」

リーゼロッテは丁寧に頭を下げた。

勘違いしていた恥ずかしさと、「隠し子」と言ったことへの申し訳なさからなのか、彼女の顔はまっ赤になっていた。

素直に謝罪できるなんていい子だね。

「大丈夫だよ、リーゼロッテ。気にしないで。実際、僕は隠し子がいてもおかしくない歳だしね」

僕の見た目の年齢は十二歳だけど、実年齢は四十一歳だからね。

「あの、お伺いしてもよろしいですか？　王兄殿下はなぜ子供の姿のままなのですか？」

リーゼロッテが戸惑いと不安の混じった表情で尋ねた。

彼女が疑問に思うのも無理はない。

「『ハルト』でいいよ。王兄殿下なんて呼び方だと堅苦しいから」

「ではお言葉に甘えて、今まで通り『ハルト様』とお呼びします」

「うん、そっちの呼び方のほうがしっくりくるな」

窓の外をちらりと見ると、春の終わりを感じさせる日差しが暖かく降り注いでいた。

「場所を変えよう。天気もいいし、ガゼボに行こう」

今からするのはとても重い話だ。

だから少しでも明るくて空気の良い場所で話したかった。

「朝食を取りながら、僕の昔話をするよ」

◇　◆　◇

僕達は庭の東側にあるガゼボに移動した。

少し離れた場所にある噴水がざぁざぁと音を立てていた。

ガゼボを吹き抜ける風が心地よい。

僕はリーゼロッテの隣の席に座った。

シャイン君と今はメイド姿のアダルギーサは立ったままだ。

テーブルの上にはシャイン君が淹れてくれたハーブティーと焼き立てのスコーンにクロテッドク

リームと苺ジャム、サンドイッチとオムレツとサラダ、オニオンスープが並べられている。

少し遅めの朝食には持ってこいのメニューだ。

「今から僕の昔の話をするね。少し長くなるから、食べながら聞いて」

前おきを挟んで、僕は過去を語り始めた。

◇　◆　◇

――今から二十九年前。

クルーゲ王国には、十二歳になる双子の王子がいた。

第一王子の名前はウィルバート、第二王子の名前はワルモンド。

二人とも黄金のように輝く髪と青い目を持っていた。

自分で言うのもなんだけど、「双子の美少年王子」として有名だった。

僕は人より物覚えが良くて、一度読んだ本の内容を忘れることはなかった。

それから生まれつき常人離れした魔力を持っていた。

父である前国王は、そんな僕を王太子に任命した。

立太子した僕は午前中に王太子としての執務を終え、午後は王宮の図書室に通って魔導書を読みふけった。

そのおかげか、ありとあらゆる言語に通じるようになった。魔導書の誤字や脱字にすぐに気づき、魔導書に描かれた魔法陣のミスにも気づく能力を得た。

僕はその才能を活かし、新たに効率の良い魔法陣を作り出した。

学者達は僕を「天才」と褒め称えた。

それから、当時の僕は石と独自の魔法文字の研究をしていた。

研究を重ねた結果、石に魔法文字を刻むことに成功した。

僕はそれを魔石と名付けた。

これを発表すれば、誰でも簡単に魔法が使えるようになる。

魔石を使ってお湯を沸かしたり、水を出現させたりできれば、日常生活や家事の負担を軽減できる。

結界を張ることができれば、モンスターの脅威《きょうい》を減らせる。

だけど魔石には一つ欠点があった。

魔石を動かすには、大量の魔力を流さなくてはいけないことだ。

誰かが一個一個の魔石に魔力を注ぎ続ければ、魔石を作動させる時にだけ持ち主がちょっと魔力を流すだけで済むようにすることもできる。

だけどそれだと魔力を注ぎ続ける者が死んだ時、魔石は全てただの石になってしまう。

それに魔石をあまりにも普及させると、人々は森の手入れや井戸の手入れを疎《おろそ》かにするだろう。

モンスターを狩るための傭兵《ようへい》や冒険者も育たなくなる。

だから僕は魔石のことを秘匿《ひとく》し、部屋の中にしまうことにした。

ついでにワルモンドの話をしよう。

彼は幼い頃から怠け者で、女好きで、浮気症のろくでもない男だった。

ワルモンドは人々の称賛を集める僕に嫉妬し、よく僕を睨んでいた。

彼は度々、家庭教師の目を盗んで城を抜け出していたようだ。

そして僕の名前を騙り、日替わりでいろんな女の子とデートしていた。

僕は公務や研究が忙しく、そのことに気づかなかった。

彼の素行の悪さに気づいたのは、彼に間違えられ、魔女に呪われた時だ。

僕がもっと前にワルモンドの素行の悪さに気づいて彼を注意していれば、違う運命があったかもしれない。

ワルモンドが僕の名前を使って遊び歩いていたのは、きっと僕の名前に傷をつけたかったからだろう。

彼はいつも僕に嫉妬していたから。

ワルモンドの計画は失敗に終わるはずだった。

僕にとって災難だったのは、ワルモンドが遊んでいた女の子の中に平民の少女に変装した赤の魔女が紛れていたことだ。

そしてさらに、その魔女が感情的な性格でうっかり者だったことだ。

赤の魔女はワルモンドに十五股をかけられたと知り、激怒した。

魔女は町娘の変装を解いて本来の姿に戻ると、王宮に乗り込んできた。

彼女はワルモンドの名乗った「ウィルバート」という名前が彼の本名だと信じていた。

それと魔女は、彼に双子の兄がいることを知らなかった。

魔女は自分が付き合っていた男がワルモンドだとは気づかず、「ウィルバート」という名前を頼りに僕を見つけ出し、呪いをかけていった。

魔女に呪いをかけられて僕の金色の髪は茶色に変色し、青い瞳は緑色になった。

魔女は「真実の愛がないと呪いは解けないわ！　一生十二歳の姿のまま過ごし、呪いが解けないまま死ぬといいわ！　呪いが解けなかった場合、死後あなたの魂は……くに落ちるのよ！」と言葉を残して去った。

そしてそのまま旅に出てしまったのだ。

魔女が僕とワルモンドを間違えたと気づいたのは、二十九年後。

両親は魔女に呪いをかけられた僕に失望した。

彼らは、僕が城を抜け出して女の子と遊び回り、魔女に手を出し、彼女を怒らせ呪いをかけられたと本気で信じたようだった。

「僕は何もしていない！」と無実を主張したが、僕の言葉を信じる者はいなかった。

魔女が白昼堂々と城に現れ、僕に呪いをかけていったから。

僕が魔女に呪いをかけられるところを大勢が目撃している。

それに魔女は僕を呪う時、「ウィルバート！　よくも十五股もかけて、アタシをコケにしてくれたわね！」とはっきりと口にしていた。

誰もワルモンドが僕の名前を騙り、城の外で遊んでいたとは考えもしなかったようだ。

父上は僕を廃太子とし、北の森にある屋敷に幽閉した。


ここからは、シャイン君に調べてもらった情報を元に話すね。

ワルモンドは僕が失脚《しっきゃく》したこの機会をうまく利用した。

彼は己の犯した悪事を全て僕になすりつけたんだ。

ついでに僕の部屋を漁り、僕の開発した魔石や魔法陣などの功績を略奪し、自分の名前で発表した。

それまでに僕が発表した研究成果については、「ずる賢いウィルバートが私から研究を盗み、自分の名前で発表していたのだ」と訴えた。

魔女に呪いをかけられたことで、すでに僕の名誉は地に落ちていた。

ワルモンドの言葉を疑う人はおらず、人々はワルモンドこそが真の天才だったのだと彼を持て囃《はや》した。

僕が失脚してすぐワルモンドは立太子した。

成長したワルモンドは美しい妃を娶《めと》り、子宝に恵まれて幸せに暮らしている。

一方で僕は功績を全てワルモンドに盗まれ、悪事を全て押し付けられ、不名誉な噂まで流された。

人々は僕を「弟の功績を盗んでいた悪党」として罵り、「女好きが祟り、魔女に呪いをかけられて廃太子となり、幽閉された間抜け」と笑いものにした。

僕は北の森にある屋敷で、友人であるシャイン君とともに、今もひっそりと暮らしている。

◇　◆　◇

「なっ、何ですか！　その理不尽なお話はーー!!」

私は思わず立ち上がって叫んでしまいました。

ハルト様から聞いた昔話はあまりにも理不尽でした。

私の声にびっくりしたのか、ハルト様とシャインさんとエミリーさんが目をぱちくりしています。

「し、失礼しました。突然大きな声を出してしまって……」

私は着席し、皆さんにお詫びしました。

小鳥のさえずりが聞こえ、そよ風が木々を揺らし、木漏れ日が心地よいガゼボ。

天気が良いのでガゼボで遅めの朝食を食べながら、ハルト様の昔話を伺ったのですが……

彼から聞いた話は私の想像を超えていました。

ハルト様はあんなひどい仕打ちをされて、二十九年間汚名を返上することすら許されなかったのですね。

彼が不憫《ふびん》すぎます！

「リーゼロッテは僕のために憤慨《ふんがい》してくれるんだね」

「あまりにも不条理だったので……！」

「そんな風に怒ってくれたのはシャイン君とアダルギーサを除いて君が初めてだよ。ありがとう」

ハルト様が寂しげに微笑まれました。

彼の憂《うれ》いを帯びた儚げな笑顔を見た瞬間、私の胸がキュンと音を立てました。

何でしょう？　今の胸のときめきは？

彼に最初に会った時は純粋に可愛らしい少年だと思い、その笑顔に胸がキュンとしました。

でも今、その彼の笑顔に別の、もっと切なくなる感情を抱いたような……

それよりも、彼が口にした「アダルギーサ」とは誰でしょうか？

「あんな話を聞かされたら、誰だって怒ります」

「そうだといいけど……」

ハルト様がハーブティーを一口飲んで空を見上げました。

彼は今まで私には想像がつかないくらい、苦労されてきたのでしょうね。

彼の心境を考えると胸が苦しくなります。

「ハルト様、お茶のおかわりはいかがですか？」

「ありがとう、シャイン君」

「あの……素朴な疑問ですが、なぜ皆様はウィルバート様を『ハルト』様と呼んでいるのですか？」

ハルト様の本名はウィルバート・エックハルト・クルーゲ。

ミドルネームに「ハルト」と入っているので、その名前で呼んでも誤りではありませんが、ファーストネームではなくあえてミドルネームを愛称で呼ぶのは珍しいことです。

「僕は『ウィルバート』という名前に良い思い出がない。だから、この屋敷に越してきてからは『ハルト』って呼んでもらっているんだ」

そうだったのですね。

「と言っても、この屋敷に来てから愛称を呼ばれるほど深く関わった人間は、シャイン君とアダルギーサだけなんだけどね。あっ、リーゼロッテを入れると三人かな」

私も数に入れていただくなんて嬉しいです。

「アタシはワルモンドを二十九年間、ウィルバートだと思っていたから、その名前を聞くだけで腸《はらわた》が煮えくり返るのよね。ハルトには申し訳ないけど、その名前では呼べないわ」

エミリーさんは鋭い目つきで拳を握りしめました。

「あのエミリーさん？」

彼女はメイドさんですよね？

それにしては主であるハルト様への口の利き方が……

「そろそろ潮どきじゃない？　いい加減に正体を明かしたら……アダルギーサ」

ハルト様がエミリーさんを見て「アダルギーサ」と呼びました。

「あら残念、もう少し美少女メイドの姿で遊びたかったのに」

エミリーさんが指をパチンと鳴らすと、彼女の艶やかな黒髪がりんごのようにまっ赤に染まりました。

彼女の三つ編みはいつの間にかほどけ、ウェーブのかかった真紅の髪が腰まで覆いました。

エミリーさんが身に着けていた黒のワンピースと白いエプロンが、胸元が大胆に開き、スカートに大きくスリットの入ったまっ赤なドレスに変化しました。

目の前には勝ち気な瞳が印象的な、ナイスバディの美女が現れました。

「えっと……？　エミリーさん、ですよね？」

「アタシの名はアダルギーサ、巷では赤の魔女と呼ばれているわ」

王太子だった頃のハルト様に呪いをかけたのは確か、赤の魔女だったはず……!?

「えっ……？　待ってください、理解が追いつかないのですが……！　ハルト様に呪いをかけた赤の魔女というのはまさか……？」

「アタシよ」

魔女様がきっぱりと言い切りました。

「ワルモンドの奴、アタシと付き合っていた時『ウィルバート』って名乗っていたのよね。あの時は十五股をかけられて腹が立って、事実確認をしないまま王宮に乗り込んで本物のウィルバートに呪いをかけてしまったの」

魔女様、うっかりするにも程があります。

「私がそのことに気づいたのは、一カ月前、二十九年振りにクルーゲ王国に帰ってきた時なのよね。軽率な行動だったと反省しているわ。ハルトには本当に申し訳ないことをしたわ」

「アダルギーサはこう見えてかなりおっちょこちょいだからね」

ハルト様と魔女様が和やかに話しています。

「あの、お二人は仲良しなのですか？」

呪いをかけた魔女と、かけられた王族。

そんな曰くありの関係で、仲良くできるものなのでしょうか？

「リーゼロッテの疑問はもっともだね。でもアダルギーサに悪気はなかったし、過ちを犯すことは誰にでもある。僕は呪いをかけられたおかげで二十九年間若い姿でいる。だから、僕はアダルギーサを恨んでいないし、怒っていないよ」

そう言った時のハルト様の表情はとても穏やかでした。とても嘘をついてるようには見えません。

これが本心からだとすれば、ハルト様はお心が広すぎます。

「アダルギーサはこんな態度だけど、反省しているのは伝わってくるしね。一カ月前、彼女が僕の屋敷を尋ねて来た時に、僕達は和解したのさ」

そういう経緯があったのですね。

「それに、今から一年以内に僕の呪いが解けなかったら、アダルギーサがワルモンドの顔をゴブリンに変えてくれるって言うし……もう過去にとらわれるのはよそうかなって」

彼の目は優しく、口元は緩んでいました。

ハルト様は人を恨んだりしない方のようです。

「魔女様がかけた呪いは、魔女様自身、解けないのですか？」

「残念なことに、魔女は呪いをかけることはできても解くことはできないの。だけど呪いを解く方法は知っているから、ヒントは与えられるわ。今、私はハルトの呪いを解くために全力を尽くしているところなの」

ハルト様がおっしゃっているように、魔女様は己の行いを反省されているようです。

「そのヒントというのは？」

「ハルトにかけられた呪いは『真実の愛』で解けるのよ。『真実の愛』とは、『お互いがファーストキスである者同士が口付けを交わすこととプラスアルファ』よ。プラスアルファの部分は教えられないの」

魔女様は残念そうに言いました。

「そうなんですね」

昨日から今日にかけて、魔女様は私に親切にしてくれました。

彼女がハルト様に呪いをかけたのもわざとではないようですし、魔女様も反省されています。

加えて魔女様は、ハルト様の呪いを解くために奔走《ほんそう》されているようです。

当事者のハルト様が彼女を許しているのに、第三者の私が口出しできません。

私も彼女について、何か言うのはやめようと思います。

「ワルモンドは二十九年振りに現れた魔女に、『一年以内にウィルバートの『真実の愛』の相手を見つけ、彼の呪いを解きなさい！　それができなければ、お前の顔をゴブリンに変えるわ！』と言われて相当焦ったんだろうね。それで彼は僕の呪いを解くために国王の権力を乱用してリーゼロッテと僕の婚姻《こんいん》を成立させ、君をこの屋敷に送ったというわけなんだ」

そういう理由で私はハルト様と結婚したのですね。

「ワルモンドが『真実の愛』が『お互いがファーストキスである者同士が口付けを交わすことプラスアルファ』って知らないから、僕の呪いが、その……ふ、夫婦の契りを……か、交わすことで解けると思ったらしいんだ……」

ハルト様は地面を見つめ、頬を赤らめながら、か細い声でつぶやいた。

「つまり男女の交接ね。いかにも低俗なワルモンドが考えそうなことよね。あの男は『真実の愛』を何だと思っているのかしら？」

魔女様がハルト様の言葉を補足しました。

彼女の言葉があまりに赤裸々だったので、私の顔にも熱が集まってきました。

「安心して、リーゼロッテ！　僕は君の同意なしに事に及んだりは……いや違う、何を言っているんだ……えっと、その……」

ハルト様の顔は耳まで真っ赤に染まり、額に汗が浮かんでいます。

動揺されたのか、かなり早口になっていました。

「えっ、あっ……はい、だい、大丈夫です。ハルト様、わかって……いましゅから」

私も緊張と焦りを隠せず、そのせいで言葉を噛んでしまいました。

「そ、そう……それならよかった」

「は、はい……」

ハルト様のお顔を直視できません。

こういう時はお茶でも飲んで落ち着きましょう。

私はハーブティーを一口、含みました。

「まどろっこしいわね。そんなんだからハルトは童貞なのよ」

魔女様がからかうように放った言葉に、私は飲んでいた紅茶を吹き出しました。

「なっ、何を言い出すんだ！　アダルギーサ！」

ハルト様も平静さを失っているようです。

「本当のことでしょう？」

魔女様が悪びれた様子もなく、サラッと言い返します。

「た、たしかに本当のことだけど、リーゼロッテの前で言わなくても……！」

ハルト様は童貞なのですね、覚えておかなくては！

ではなくて……私ったらなんて情報を記憶しようとしていたのかしら！　はしたない！

「ワルモンドが十二歳の頃には、少なくとも五人とは経験していたわよ」

魔女様の発せられる言葉は、私には刺激が強すぎます！

ワルモンド陛下、幼い頃から、婚姻《こんいん》も結んでいない方とそんなことをしていたなんて……不潔です！

「コホン！」

ハルト様が咳払いをしました。

「まぁそんなわけで、ワルモンドの保身と浅知恵によってリーゼロッテは不幸にも僕の結婚相手に選ばれてしまったんだ。僕のせいで、すまない」

彼は私に向かって深々と頭を下げました。

「何事もなければ君は王太子の婚約者のままでいられたし、ゆくゆくは王妃になれた……」

「ハルト様、頭を上げてください」

彼に頭を下げられたら、私はどうしたらいいのかわかりません。

「だけど……」

「ハルト様は王都での私の噂はご存じですか？」

「ワルモンドからの手紙で、僕とリーゼロッテとの婚姻《こんいん》が成立したと知った時、リーゼロッテ・シムソンがどんな人物か知りたくて、シャイン君に君のことを調べさせたんだ。だから君が王都で悪く言われたことは知っている」

ハルト様は私の噂を知っていたのですね。

誰だって結婚相手について知りたいですよね。人を使って調べさせるのは当然です。

「ハルト様が聞いたのは、リーゼロッテ・シムソンは学園では自分より下位の令嬢をいじめ、男と見れば見境なく声をかけ、身分に関係なく男性と関係を持ち、家では妹をいじめ、妹の持ち物を奪う悪女……という噂ですか？」

自分で言っていて悲しくなりました。

「うん、だいたいそんな感じだ」

このような噂を流されて、やはり悔しいです。

「不名誉な噂が流れていましたし、王太子殿下は妹のデリカを愛していたので、ハルト様の呪いの件がなくとも私と殿下の婚約は破棄されていたでしょう。だからこうなったのは、ハルト様のせいではありません」

私はハルト様ににこりと微笑みました。

彼を安心させたくて自然な笑顔を心がけましたが、口元が引きつってしまいました。

「君は辛い思いをしたんだね。調べはさせたけれど、僕は噂だけで人を判断するのは嫌だったから、自分の目で君がどんな人なのか確かめたかったんだ」

ハルト様は、汚れなき瞳で私をまっすぐに見つめました。

「初めてリーゼロッテを見た時、瞳がとても澄んでいると思った。とても噂のようなひどいことができる人だとは思えなかった」

ハルト様は私をそのように思ってくれたのですね。

「君の髪や肌や手は荒れていたし、目の下にクマがあったし、服には紅茶の染みが付いていた。だから周囲に虐待されているんじゃないかと思った」

彼は初対面で、私が虐待されていたことまで見抜いたのですね。

「昨夜、アダルギーサが屋敷を訪ねてきて、本当のことを教えてくれたんだ。噂は君の妹が君を陥れるために流した悪意のせいだったとね」

魔女様が？

「ハルトの『真実の愛』の相手を探す途中で、偶然あなたのことを知ったのよ。噂の真相にはすぐに辿り着いたわ。同時に、あなたが健気で真面目な努力家な女の子だってこともわかったわ。私は、あなたこそハルトの『真実の愛』の相手にふさわしいと思った。だけど私が手を回すより先に、あなたとハルトは結婚していた。二人が結婚したと知って、私はこの屋敷を再び訪れたのよ」

「そうだったのですね」

両親も、かつての婚約者も、私の言葉を信じてくれなかった。

ハルト様は真実を知る前から私が噂のような人間でないと見抜いてくださった。

私の虐待にも気づいてくれた。

そのことがとても嬉しい。

「リーゼロッテ、どうかしたの？」

ハルト様が心配そうな表情で私の顔を覗き込みました。

気がつくと、私の瞳から大粒の涙が溢れていました。

「ハルト様が私のことを信じてくれたのが嬉しくて……」

「リーゼロッテ、泣かないで」

ハルト様がハンカチで私の涙を拭ってくれました。

きちんとプレスされたシルクのハンカチから、ほのかに柑橘系の香りがしました。

彼は優しい目で私を見ています。

「ありがとうございます」

ハルト様の気遣いが胸に染みます。

「お互い、双子の片割れには苦労させられるね」

ハルト様はそう言って悲しげに眉を下げました。

「殿下に婚約破棄され、悪い噂もつきまとう、傷物になった私にまともな嫁ぎ先などなかったと思います。良くて修道院行き、悪くてどこかの貴族の妾《めかけ》になるしかなかったと。だから……私、ハルト様のような素敵な方に嫁げて幸せです」

噂に惑わされずに私を見てくれたのは、ハルト様が初めてです。

私がそう言って微笑むと、ハルト様の頬がほのかに赤く色づきました。

「女の子があれだけ言ってるのよ、ハルトも何か返しなさい」

魔女様がハルト様の脇腹を小突きました。

「……ああ、うん……。ええっ……と。その……こ、こんな形で結婚することになってしまったけど、リーゼロッテのことは……大切に思っている。君の人生には僕が責任を持つから、安心して……！」

ハルト様がつっかえながら言葉を紡ぎました。

「はい、こちらこそ幾久《いくひさ》しくよろしくお願いします！」

私は深く頭を下げました。

「誰かに優しくしてもらったのが初めてなんです！　親切にしてくださったハルト様に恩返しがしたいです！　私にハルト様の呪いを解くお手伝いをさせてください！　私にできることなら何でもします！」

私の言葉を聞いた途端、ハルト様の顔が耳までまっ赤に染まりました。

「ハルト様？」

「リーゼロッテ様、ハルト様は初心《うぶ》なのです。言動にはお気をつけください」

「えっと？　私、何か変なことを言いましたか？」

「失礼ながらリーゼロッテ様。先程の言い方ですと、リーゼロッテ様がハルト様の『真実の愛』のお相手に立候補したように聞こえます」

シャインさんが苦笑いを浮かべ、そう教えてくれました。

「……ち、違うんです！　そういう意味で言ったのではなく……！　あのっ！　えっと……ハルト様、先程の言葉は……！」

ハルト様の『真実の愛』の相手に、私ごときが立候補するなんておこがましい！

彼にかけられた呪いを解く方法は、「お互いがファーストキスであることとプラスアルファ」。

私はファーストキスもまだなので資格はあると思いますが、プラスアルファが何かわかりませんし、それに、ハルト様とキスなんて……！

彼の桃色の唇に目がいってしまい、急に恥ずかしさが込み上げてきました。

「大丈夫だよ、リーゼロッテ。君がそういう意味で言ったんじゃないって、ちゃんとわかっているから……。気にしないで」

そう言ったハルト様の肩は下がり、目も伏せられ、口角も下がっていました。

不用意な発言で彼を傷つけてしまったかもしれません。

◇
◆
◇

「まさかハルト様が王兄殿下だったなんて……」

遅い朝食を終え、自室に戻った私はベッドにダイブしました。

「ハルト様を王兄殿下の隠し子だと思っていたなんて……彼に失礼なことを言ってしまいました」

いくら魔女に呪われたからといって、髪や瞳の色や姿形まで変わってしまうはずがないと……まだ、ハルト様が王兄殿下だとわかる前の私はそう思っていました。

ですが、魔女の呪いで髪や瞳の色が変わってしまうことは実際にあるようです。

ハルト様の髪の色は金色から茶色に、瞳の色は青から緑に変わってしまったのですから。

一方で、彼の姿形は変化せず今も二十九年前の姿を留めています。

私は枕を抱き締めたまま寝返りを打ちました。

「ハルト様は私に優しくしてくれたのに……」

彼は馬車から落ちそうになった私を、そよ風《ブリーズ》の魔法で助け、門の取手でケガをした私にヒールの魔法をかけてくれました。

「ハルト様は王都での私の悪い噂を知っていたのに、噂に惑わされず、本当の私を見て、私を評価してくださった」

彼のことを考える度に、私の胸はキューンと音を立てます。

ハルト様のお役に立ちたい！

彼の呪いを解くお手伝いがしたい！

「でも、呪いを解くお手伝いをするとは言ったものの、私にできることなんてあるでしょうか？」

私はベッドの上でゴロゴロと転がりながら考えました。

「ハルト様の『真実の愛』のお相手を見つけて差し上げること……私にできるのは、それぐらいしかありませんよね」

ハルト様に『真実の愛』のお相手が見つかったら、私の役目は終わり。

私は離縁されてこの屋敷を出ていく……

彼の『真実の愛』のお相手なんて見つからなければいいのに……！　そうすれば私はずっとここにいられる……！

「だめです！　そんなことを考えては……！　ハルト様のお役に立つと決めたのですから！」

このお屋敷を出ていくのは辛い。

ハルト様とシャインさんと魔女様と離れるのは切ないです。

ここに来てまだ一日しか経っていないのに、このお屋敷の居心地が良すぎて離れ難《がた》くなってしまいました。

◇　◆　◇

遅い朝食を終えた僕は、ガゼボから屋敷に戻ってきた。

リビングのソファーでまったりと寛ぐ。

向かいのソファーに座っていたアダルギーサが、おもむろに口を開いた。

「面白い子よね」

「誰のこと？」

「リーゼロッテのことを言ってるに決まっているじゃない。一生懸命で、健気で、純粋で、まっすぐで……あの子ならあなたにかけられた呪いを解けるんじゃない？」

アダルギーサは瞳を輝かせながらそう言った。

「妹に王太子を奪われて王都を追われた気の毒な子だよ。そんな子をどうこうしようとは思わないよ」

「ハルト様、冷たいレモネードです」

シャイン君がレモネードの入ったグラスをテーブルに置いた。

「ありがとう」

僕は彼にお礼を伝え、レモネードを口に含んだ。

ガゼボは少し暑かったから、冷たい飲み物がほしかったんだ。

「リーゼロッテの傷が癒えるのを待つ気？　そんな悠長なこと言っていられないわよ。このまま呪いが解けなければ、あなた一年後には死ぬのよ」

アダルギーサはいつになく真剣な目をしていた。

「四十二歳まで生きられるなら充分だよ。十二歳から三十年間、若い姿のままでいるんだからね」

世の中にはもっと早く亡くなる人もいる。

「それに、廃太子のおかげで煩《わずら》わしい人間関係を放棄できた。ゆっくり魔術の研究ができたよ」

あのまま国王になっていたら仕事に追われ、魔術の研究はできなかっただろう。

「ハルト、魔女に呪われたまま死んだら魂がどこに行くか知っているわよね？　天国には行けないのよ。このままだと地獄に落ちるのよ」

彼女は珍しく辛そうな表情で僕にそう告げた。

「覚悟はできているよ」

アダルギーサが大きく息を吐いた。

「リーゼロッテはどうするのよ。彼女はまだ十八歳なのよ、あの若さで未亡人にする気？」

彼女の名前を出されると辛い。

僕だって、彼女には幸せになってほしい。

「リーゼロッテには国外に行ってもらう。そこで新しい戸籍を用意する。それから一生不自由のないお金を残してあげる」

王太子になるもっと前の子供の頃、お城を抜け出してダンジョン探索していたことがあるから、その時に集めたお宝がたくさん残っているんだよ。

あれは城に残さないでアイテムボックスにしまっていたから、ワルモンドに盗まれていない。

こんな生活をしていたから使うことはないと思っていたけど、大事に取っておいて良かった。

「彼女が異国で貴族の暮らしを望むのなら、養子縁組先を探すよ」

それくらいはできるはずだ。

「ハルト、あなた最低ね。女には金と地位さえ与えておけば、満足するとでも思っているわけ？」

アダルギーサに冷めた視線を向けられた。

「そうは言ってないよ。リーゼロッテにとって僕と婚姻《こんいん》したことは隠したいはずだろ？　だから僕との結婚自体をなかったことにしてあげようと……」

リーゼロッテの人生に、僕と婚姻《こんいん》した事実なんて残らないほうが良い。

外国に移住させ、お金を使って新しい戸籍を買えば、リーゼロッテは人生をやり直せる。

学園や王都で流れる悪い噂も、王太子に婚約破棄されたことも、僕と婚姻《こんいん》を結んだことも、全部なかったことにできる。

リーゼロッテは傷一つないまっ白な経歴を手に入れ、新しい人生をスタートできるんだ。

「意地っ張り。ハルトって本当に女心を理解してないわよね。リーゼロッテに振られて泣き喚いても慰めてあげないわよ」

アダルギーサは肩をすくめ、冷ややかな目で僕を見た。

「大丈夫、僕がリーゼロッテ《彼女》を愛することはないよ」

本当は、僕だって彼女と離れたくはない。

心の底では、彼女とこの家でずっと暮らせたらいいのに……と望んでいる。

だけど……解けるかどうかわからない呪いの解除に彼女を巻き込むことはできない。

リーゼロッテはまだ十八歳、未来ある若者なんだ。

二十三年も年上の僕が縛り付けていい存在じゃない。

僕にできるのは傷ついた彼女の心を癒やし、自由にしてあげることだ。

だから……リーゼロッテを恋愛対象として見てはいけない。

彼女に恋してはいけない。

好きになってはいけない。

愛してはいけない。

あの子を呪われた王兄《僕》なんかに縛り付けてはいけない。

彼女は新しい土地で新しい仲間を見つけ、幸せな人生を歩むのだから。

僕なんかが邪魔してはいけないんだ。

それが彼女の幸せに繋がるってわかっているのに……

彼女を手放すことを考えると、どうしてこんなにも胸が締め付けられるのだろう……？

ひだまりのように笑う彼女の笑顔を曇らせてはいけないと、頭では理解している。

僕の呪いのことで、あの子に負担をかけさせたくないと思っている。

僕が死んだことも知らずに、あの子にはどこか遠い場所で幸せに生きてほしい。そう願っている。

なのになぜ……彼女と別れる日を想像すると、こんなにも切ない気持ちになるのだろう……？

ハルト様と結婚して一週間が経ちました。

食堂には今日も美味しそうな料理が並んでいます。

「朝食は鴨肉のコンフィとオニオンスープ、薬草入りのサラダとラズベリーパイです」

シャインさんの料理は天下一品です。

「ありがとう、シャイン君」

「毎日、こんなに美味しいお料理が食べられるなんて幸せです」

このままだと、彼のお料理を食べすぎて太ってしまいそうです。

「お褒《ほ》めに預かり光栄です。ところでリーゼロッテ様、最近髪や肌が一段と輝いていますね」

「嬉しいです、ありがとうございます。魔女様が毎日入浴剤やシャンプーを分けてくださるんです」

魔女様が毎日特製入浴剤を湯浴びの度に入れてくださるので、私の髪もお肌もつるつるすべすべぴかぴかです。

「今日のお召し物もよく似合っています」

「ありがとうございます。ハルト様がプレゼントしてくれたんです」

シャインさんはいろんな箇所に気づいてくれます。

「あーー、それは……その、アダルギーサが街に買い物に行くっていうから、ついでに……頼んだんだ。女の子は……日替わりで違う服を着たいだろうし……」

ハルト様は照れくさそうにそう言いました。

クローゼットに入り切らないほどのドレスをハルト様からいただきました。

綺麗な部屋、新品の服に美味しいご飯、美容に良い品物の数々……ここは本当に居心地が良いです。

祖母のお下がりの古いドレスを着て、一人きりで冷めたご飯を食べていた公爵家での暮らしが、遠い昔のことのようです。

「そうだ。リーゼロッテ、君に見せたいものがあるんだ。食事が終わったら付き合ってくれないか？」

「はい、もちろんです」

「一緒に図書室に行こう」

「図書室ですか？　この家にはそんな場所があるのですか？」

「三階全てが図書室なんだ」

食堂やリビングがあるのは一階、私やハルト様のお部屋があるのは二階。

三階には今まで一度も上がったことがありませんでした。

「まあ、そんなに大きいのですか？」

三階全てが図書室だなんて素敵です。

図書室にはどのような蔵書があるのでしょう？　今から見るのが楽しみです。

ガゼボでハルト様の過去の話を聞いてからずっと、ハルト様の呪いを解く方法を考えていました。

ですが、全く良いアイデアが浮かびません。

魔女様曰く、ハルト様にかけられた呪いは「お互いがファーストキスである者同士が口付けを交わすことプラスアルファ」で解けるそうですが、いくら考えてもプラスアルファが何かわかりません。

図書室に行けばハルト様の呪いを解くヒントが見つかるかもしれません！

でも、そこでハルト様と二人きりになるんですよね？

一度部屋に帰って髪型や服装を整えてから行ったほうがいいでしょうか？

いいえ、これはデートではありません。浮かれてはいけませんね。

食事の後、ハルト様にお屋敷の三階へ案内されました。

「ふぁぁぁ……！　ここにある本は全部ハルト様の所有物なのですか？」

壁際には天井まで届く本棚があり、本棚には難しそうなタイトルの本がぎっしりと並んでいました。

「城や学園の図書室に比べると小さいだろう？」

「そんなことはありません！　お城や学園の図書室と比べても引けを取りません！」

お屋敷にこんな立派な図書室があったなんて……！

「あっ！　あそこにあるのは絶版になった魔導書！　こっちにあるのはとても貴重な古文書！」

手に入りづらい古文書や魔導書がたくさん並んでいます。本の質ならばお城や学園の図書室以上かもしれません！

「へぇ、詳しいんだね」

「はい。実家にいた時本を読むのが趣味でしたから。空いた時間、ほかにすることもなかったので……家やお城や学校の図書室でたくさん本を読みました」

本を読んでる間は現実を忘れることができますから。

「そう、君は勉強家なんだね」

「すみません、貴重な本がたくさん並んでいるのを見て、つい興奮してしまって……」

「いや、喜んでもらえて嬉しいよ」

「ハルト様も本がお好きなのですね！」

「ああ、ここにある本は全部読んだよ」

「全部ですか⁉　何万冊もありますよね？　それを全部読破するなんてすごいです！」

「ここにいると本を読むぐらいしか、やることがなくてね。暇つぶしと趣味をかねて古文書の翻訳のミスを指摘したり、魔導書に描かれている魔法陣の絵柄のミスを修整したりしていたんだ。ついでに新しい魔法陣の開発もしていた」

優秀な魔導士を何十人も集めて、数年、場合によっては数十年かかる魔法陣の開発を、ハルト様は「ついで」に行っていたのですか？

本当に才能のある人は言うことが違います。

「ハルト様が王太子時代にされていた、古文書や魔法陣の修整や新しい魔法陣の開発を、このお屋敷に移ってからも続けられていたのですね。でもハルト様が王太子だった頃の功績は全てワルモンド陛下に奪われたのでは……？」

功績を奪われ、汚名まで着せられたのに、それでも研究を続けていたなんて。

「そうだね、僕が王太子時代にした発見や発明は全てワルモンドの手柄になった。そして僕はワルモンドの手柄を盗んで発表していた悪人という汚名を着せられた」

何度聞いても腹が立ちます。実の兄の功績を盗んだ人がこの国の王様だなんて。

「この屋敷に移ってから僕が発見したものや発明したものも、全部ワルモンドの功績として発表されている」

「そんな……！」

「僕のために怒ってくれるの？　ありがとう。嬉しいけど、僕は別に気にしていないよ。僕もワルモンドもクルーゲ王国の王族。一族の功績が増えるのは僕にとっても悪いことじゃないから」

ハルト様は自分の名誉より、王族全体の威信《いしん》を大切にされているのですね。

「誰の名前で発表されたかなんて、大した問題じゃないよ。それよりも正しい知識が広まり、この国の学問が向上するほうが大事だ」

目の前の本をパラパラとめくりながら、ハルト様は淡々とおっしゃいました。

自身の名誉より国益を優先させる、ハルト様はとても器の大きいお方です。

というか寛大すぎます！

ハルト様はこの国全体の学問が向上することを期待されるようですが、学園で優秀な人材が育っているかと聞かれれば、そうでもなくて……

こんなこと、とてもハルト様には言えません。

「シャイン君が怒るから、最近は新しい魔法陣を開発しても、国には報告していないけどね。今でも報告しているのは古文書の誤字ぐらいかな」

「シャインさんが怒るのも当然だと思います。国王陛下はハルト様の研究成果を奪い、自分の手柄にしているのですから。この国の誰もハルト様が優秀だと知らず、ハルト様の開発した魔法陣の恩恵を受けて暮らしているのに、ハルト様に感謝もしない……」

ハルト様の功績だと知らないのですから、仕方のないこととは思います。

でもやはり胸の奥がモヤモヤします。

「そうかな？　僕のことは君が認めてくれているよね」

彼は目を細め、口角を上げました。

「えっ？」

「リーゼロッテは僕が古文書や魔法陣のミスを指摘したことも、新しい魔法陣を作り出したことも信じてくれるんだよね？」

彼の眉は緩やかに上がっています。

「はい、もちろんです」

「僕の功績はリーゼロッテが知っているし、認めてくれている。僕はそれだけで充分幸せだよ」

ハルト様がふんわりと微笑みました。

その瞬間、私の胸がトクンと音を立て、頬に熱が集まってきました。

ハルト様に微笑まれる度に心臓がドキドキします。

辛い過去を受け入れ、穏やかに笑うハルト様を尊く感じます。

「ハ……ハルト様は欲がなさすぎます！」

「そうだろうか？」

「そうですよ！　呪いのことだって……」

先代の国王陛下が生きている間に、ハルト様が呪いをかけられた経緯について正しく伝えられていれば、事態は今と違ったかもしれません。

直接会えなくても手紙を書けば、一度では信じてもらえなくても、時間をかけて何度も説明すれば信じてもらえたかもしれないのに。

「呪いのことはもう諦めている」

そう言った時のハルト様は暗い表情をしていました。彼の目は少し伏せられ、寂しそうでした。

そんな彼を見ていたら私も胸が痛くなりました。

「僕はもう呪いを解こうとは思っていない」

そう言って、まっすぐに私を見つめる彼のエメラルドグリーンの瞳には、強い意志が宿っていました。

「そんな……」

私はこの一週間、ハルト様の呪いを解く方法を考えていたのに……！

それなのに、肝心のハルト様自身が呪いを解くことを諦めていたなんて……！

悲しみと無力感で胸が張り裂けそうです！

ハルト様はどうしてそんなことを言うんですか？

私はハルト様に呪いを解いて自由になってほしいのです。

魔女様も解呪に協力するとおっしゃっています。

シャインさんだって、きっとハルト様に呪いを解いてほしいはずです。

なのに……なぜ、ハルト様が諦めてしまうのですか？

ハルト様は少しの間考え込むように視線を落とし、しばらく口を噤んでいました。

「暗い雰囲気になってしまったね。話題を変えようか」

ハルト様はそう言ってぎこちない笑顔を浮かべ、本棚から数冊の本を取り出しました。

ハルト様は気持ちを切り替えようとしてます。

私もいつまでも俯いたままではいられません。

「はい、ハルト様」

私はできるだけ明るい声で返事をし、彼に微笑みかけました。

「この本をリーゼロッテに渡したくて、図書室まで来てもらったんだ」

彼は私に本を手渡しました。

私の手に、表紙の色や大きさの違う本が三冊あります。

「ハルト様、この本は？」

「海の国、砂漠の国、雪の国について書かれた本だよ。といっても、難しい歴史の本じゃないから安心して。旅行に行く時の観光案内みたいなものかな」

「外国の観光の本ですか？」

難しい魔導書ばかり置いてあると思っていたのですが、そのように楽しそうな本もあったのですね。

「本にはそれぞれの国の歴史や伝統、民族衣装、気候や風土、それに主食や祭りなどの時期や規模についても記されている。挿絵もいっぱいあるよ」

ハルト様の説明を聞いてますます読んでみたくなりました。

「私はこの本の誤字を探せばよいのでしょうか？」

「いや、誤字は探さなくていいよ。リーゼロッテにはこの本を読んで感想を聞かせてほしいんだ」

ハルト様の表情は穏やかで口角も上がっていましたが、私には彼が無理して笑っているように見えました。

「感想ですか？」

「本を読んで、リーゼロッテが一番行ってみたいと思った国と、その理由について教えてほしいんだ」

海の国と書かれた本の表紙には白い砂浜と青い海が、砂漠の国と書かれた本の表紙にはどこまでも続く砂漠が、雪の国と書かれた本の表紙には雪山とオーロラが描かれていました。

どの絵も素敵です。全ての国に遊びに行ってみたくなります。

「どの国にもそれぞれの魅力がありそうですね」

一番を決められるでしょうか？

「どの国も治安が良く、クルーゲ王国と同じくらい経済が安定し、文化も発展している。きっと楽しく暮らせると思うよ」

今の言葉はどういう意味でしょうか？

はっ……!?　もしかしてこれは新婚旅行のお誘い!?

ハルト様は、私に旅行先を選んでほしいのかも？

いいえ、それはないですね。この家に来た日、ハルト様はこのお屋敷を出られないとおっしゃいましたから。でももしかしたら……

少しだけ期待してしまいます。

「気になっていたのですが、ハルト様は二十九年間、一歩もお屋敷の外に出られたことはないのですか？」

「ああ、一度もないよ」

幽閉とはそういうものなのですが、そんなにも長い間、一度もお屋敷の外に出たことがないなんて、ハルト様があまりにも不憫《ふびん》です。

「それは幽閉されているからですか？」

「そうだね。今はいないけど父上が生きていた頃は門の外に見張りがいて、一カ月に一度生存確認に来る者がいたんだ。それに、屋敷には僕が外に出られないように結界が張られている」

「結界ですか？」

見張りや生存確認はわかりますが、なぜ結界を？

「僕だけに反応するピンポイントな結界がね。父上はどうしても僕を外に出したくなかったんだろう」

それで私がこの屋敷に来た日、外に出られないとおっしゃっていたのですね。

「その気になれば結界はすぐに壊せるから、屋敷の外に出ないのは僕の事情かな」

ハルト様の事情とは一体？

「今は見張りもいなければ、生存確認しに屋敷を訪ねてくる者もいないんですよね？　――なら法を犯して外国に逃げませんか？」

私ったらなんて大胆なことを……！　こんなことを言ったのを陛下に知られたら、不敬罪で捕まります。

「リーゼロッテは面白いことを言うね」

ハルト様は驚いた顔をしたあと、困ったように笑いました。

「逃げるというのは言葉のあやで！　見張りがいないなら、こっそり抜け出して外国を旅しても陛下には気づかれないのではないかと！」

「そうだね、一年ぐらいこっそり抜け出して、外国で遊んでいても誰も気がつかないかもね」

そう言った時のハルト様の表情は見えませんでした。

でも、旅行に行くことは可能なんですよね？

ならば、何が何でもハルト様を旅行に連れ出さなくては！

そして旅先で彼の『真実の愛』のお相手を見つけるのです！

ハルト様の『真実の愛』のお相手を見つける旅……

彼はその方と愛し合い、ファーストキスを交わすのですよね。

そのことを想像したら気持ちが重くなりました。

ハルト様の呪いを解くために、『真実の愛』のお相手を探すことは必須です。

そんなことはわかっています。

なのになぜ、私以外の人がハルト様の隣に立つところを想像するだけで、こんなにも胸が苦しくなるのでしょう？

ハルト様に愛する人ができたら、政略結婚の相手である私はお邪魔でしかありません。

私はきっと離縁されます。

二度とハルト様に会えなくなるかもしれません。

そのことを考えていたら、今度は胸がざわざわしてきました。

彼の傍《そば》を離れたくありません。

ハルト様の『真実の愛』のお相手など見つからなければいいのに……

また、そんな考えが浮かんできて自己嫌悪に陥りました。

ハルト様の『真実の愛』のお相手を見つけ出し、彼を呪いから解放する。

それが、私が彼にできる最大の恩返しです。

私が本を読んでそれぞれの国の魅力を語れば、ハルト様も旅行する気になるかもしれません。

「ハルト様、私はこの本を熟読します！　本を読み終わったら感想をいっぱいお聞かせしますね！」

「うん、リーゼロッテの感想を楽しみにしているよ」

ハルト様がふわりと笑いました。

彼の笑顔がどこか物憂《ものう》げに見えたのは、私の思い過ごしでしょうか？


私は自室に戻り、ハルト様から渡された本を読むことにしました。

最初に手に取ったのは海の国について書かれた本です。

「海の国というだけあって、砂浜や海岸を描いた挿絵が多いですね。魚介類を使ったお料理も美味しそうですし、船に乗って小島にも行ってみたいです」

海というものを、私は一度も見たことがありません。

本に書かれている「潮の香り」とは、実際にはどのような匂いでしょうか？

波はどのような音を立てるのでしょう？

本の挿絵の一つに、手を繋いで海を眺める恋人達の姿が描かれていました。

私もこの挿絵の二人のように、ハルト様と手を繋いで海を眺めてみたい。

でもこれは贅沢《ぜいたく》な望みです。

私と彼は政略結婚でしかないのですから。

きっとハルト様は、『真実の愛』のお相手と手を繋いで海を眺めるのでしょうね……

彼が、見知らぬ女性と寄り添い、手を繋いで海を眺めている……

その様子を想像したら、暗い気持ちになってきました。

ハルト様の『真実の愛』の相手を見つけて、彼の呪いを解くと決めたばかりなのに、こんな弱気になっていてはいけません。

気を取り直して、次の本を読みましょう！

「砂漠の国はどこまでも砂漠が広がっているのですね。満月の夜に砂漠に横になり、星を眺める……ロマンチックです」

こんな素敵な景色をハルト様と一緒に見られたら……

星を眺めている時、ハルト様に「リーゼロッテ、君とこの景色が見られて良かった」と言われて頬に手を添えられたら……

私ったら、なんて想像をしているのでしょう！

ハルト様にだって相手を選ぶ権利はあります。

王太子に婚約破棄された傷物の身で、ハルト様の『真実の愛』の相手に立候補しようだなんて、身の程知らずにも程があります。

星空の挿絵のあるページはダメです。

変な想像をしてしまいます。

別のページを読みましょう。

「ふぁっ！　な、何ですかこの国の民族衣装は！　上半身は胸に巻かれた布が一枚だけ、おへそは丸出し、下半身は大きくスリットの入ったスカートのみ！　これでは足をほかの人に見られてしまうではありませんか！」

ページを捲《めく》ったら、セクシーな服を着た若い女性の挿絵がありました！

「……こ、この国の方は平然とこのような服を着ているのでしょうか？　砂漠の国の民族衣装を着るのは私には無理そうです」

行ったことのない遠い国に思いを馳せるのはとても楽しいのですが、時々私の想像を超えるほど、刺激的な挿絵に遭遇《そうぐう》します。

砂漠の国に関する本はだいたい読み終わりました。

気持ちを落ち着けて、次は雪の国の本を読みましょう。

「わぁ、雪の国はチーズを使ったお料理がたくさんあるみたいですね。このチーズは子犬より大きいです。夜空に浮かぶオーロラを実際に見てみたい。この本の挿絵よりずっと壮麗なのでしょうね」

雪の国について書かれた本には、美しい挿絵がたくさん載っていました。

ハルト様と一緒にこのチーズを食べたいですね。

彼と一緒に雪の国のもふもふのワンちゃんと一緒に遊んでみたい。

ハルト様と一緒にオーロラを眺めることができたら、きっとすごく幸せな気持ちになれるでしょう。

そんなことを想像していたら、あっという間に本を読み終えてしまいました。

「はぁ～～、どの本も素敵でした。挿絵を眺めていたら、実際に行きたくなりました。どの国も魅力的で一番を決められそうにありません」

ハルト様とこの本に描かれている景色を、一緒に見ることができたら……

本の魅力を語って、彼を旅に連れ出さなくてはいけないのに。

旅の目的は、ハルト様の『真実の愛』の相手を見つけ出すことなのに。

挿絵を見ていると、つい彼の隣に自分の姿を描いてしまいます。

図書室でハルト様に本を渡された時、彼は解呪する気がないとおっしゃっていました。

それはつまり、彼は私を恋愛対象としては見ていないということで……

遠回しに「僕を好きにならないで」と言われたようなものですよね……？

ズキン……と胸の奥が痛みました。

ハルト様が私のことを何とも思っていないのに、私は気がつくと彼のことばかり考えています。

私に優しく接してくださるハルト様に恩返しがしたい。

そのためには彼の『真実の愛』のお相手を探し、彼にかけられた呪いを解かなくてはいけません。

でも彼が『真実の愛』のお相手と仲良くされている場面を想像すると心がモヤっとします。

胸の痛みの原因がわかれば、それも晴れるのでしょうか？

「弱気は禁物です！」

私は自分の頬をパシンと叩きました。

ハルト様に三カ国の良いところを語り、旅行にお誘いすると決めたのです！

彼を旅行に連れ出して、旅先でハルト様の『真実の愛』のお相手探しをするのです！

こんなことでくじけてはいられません！

◇　◆　◇

リーゼロッテが屋敷に来てから二週間、図書室で本を渡してから一週間が経過した。

本を渡してから、彼女は部屋にこもり、本を読みふけっている。

というわけで、今日も僕は一人寂しくリビングのソファーに座ってお茶を飲んでいる。

「ハルト様、リーゼロッテ様一人を本当に国外に移住させるおつもりですか？」

シャイン君がダージリンティーを淹れてくれた。

「そのつもりだよ。リーゼロッテは虐待されていたから実家には帰せない。新しい国で新しく戸籍を作り、別人として生きるほうがいい。そうすれば、親や妹、王族に利用される心配もない」

それが彼女にとって一番いいとわかっている。

なのに、なんでこんなにも胸の奥がズキズキと痛むのだろう？

「それでリーゼロッテ様に本を三冊も贈られたのですか？」

「そうだよ、海の国、砂漠の国、雪の国、三カ国とも治安が良いし、政治も安定している。移住するにはうってつけだ」

リーゼロッテは本を受け取った時、嬉しそうに笑っていた。

あの時、彼女が僕の意図を汲み取っていたなら、彼女もこの屋敷に永住したくないのだろう。

それはそうだ。誰が好き好んで魔女に呪いをかけられた四十過ぎの男と同居したい？

そんなことわかりきっていたはずなのに、現実を突きつけられるのは辛い。

彼女を手放すことが彼女にとって一番いい選択だ。

そう頭では理解しているはずなのに……

彼女を手放したくない……！　彼女を手放すのが寂しい……！　と思っている自分がいる。

我ながら矛盾している。

「ハルト様、リーゼロッテ様に本を渡すのに一週間以上かかった理由をお伺いしてもよろしいですか？」

シャイン君がいつになく真剣な顔で聞いた。

「図書室が広いからだよ。だから本を探すのに手間取ったんだ」

「ハルト様は、図書室にある全ての本の位置を正確に把握していたはずですが」

さすががシャイン君、僕と長い付き合いだけあって僕のことをよく知っている。

彼を欺《あざむ》くのは難しいかもしれない。

「そっ、それは！　ほら三冊とも……普段あまり読まない本だったから……」

我ながら苦しい言い訳だ。

リーゼロッテに渡したい本が、図書室のどの位置にあるのか、初めからわかっていた。

わかっていたのに、本を探すことをためらっていた。

「さようでございますか……ところで、ハルト様」

シャイン君は何かを探るように僕の顔をじっと見た。

僕はこの話題から早く離れたかった。

「何かな？」

僕は笑顔で返事をしたが、口元がわずかに引きつってしまった。

「角砂糖、十二個目でございます」

シャイン君は冷静にそう指摘した。

彼は穏やかに微笑んでいるように見えたが、視線は冷ややかだった。

「えっ？」

シャイン君に言われて、僕はティーカップに目を向ける。

角砂糖を何個も入れたことで、容量が増えた紅茶がティーカップから溢れそうになっていた。

「あっ、いや……これは……その……。つ、疲れているから、甘いお茶が飲みたくて……」

まさか動揺して、砂糖をこんなに入れていたなんて思わなかった。

気づいているなら、早めに指摘してほしかった。

「さようでございますか、では代わりの紅茶を淹れる必要はありませんね」

シャイン君のメガネがギラリと光った。

彼の口元は弧を描き、にこやかに笑っているように見えた。だが彼の視線は鋭く、氷のように冷たかった。

「えっ？」

シャイン君は笑顔で礼をして下がった。

残されたのは僕と、手元にある甘い紅茶、チョコレートケーキだった。

「甘っ……！」

紅茶に口を付けると想像を絶する甘さだった。

「紅茶を淹れ直してくれないなんて、もしかしてシャイン君、怒っているのかな？」

アダルギーサがリーゼロッテを目にかけているのは知っていた。

まさかシャイン君まで、彼女に肩入れしているとは。

「リーゼロッテもお茶に誘えばよかったかな？」

一週間前、ガゼボで朝食を食べた時、スコーンを美味しそうにほおばっていた彼女の姿が瞼《まぶた》の裏に浮かぶ。

あの時のリーゼロッテは小リスみたいで可愛かったな。

もっと彼女の笑顔を見ていたい。

それは許されないわがままだとわかっているのに。

「これ以上肩入れすると、別れるのが辛くなる……」

彼女が行きたい国を決めたら早々に移住してもらおう。

「リーゼロッテが外国に移住したら、あの花のように綻ぶ笑顔が見られなくなるのか……」

彼女と別れたあとのことを想像すると、心臓が締め付けられたみたいに苦しくなった。

一人きりのティータイムには慣れていたはずなのに、なぜだか今日は一人でいるのがわびしく感じた。

◇◆◇

ハルト様に本を渡されてから八日が経ちました。

朝食を食べ終えたあと、私とハルト様はシャインさんと魔女様に玄関に向かうように言われました。

「今日はアダルギーサ様とともに徹底的にお部屋のお掃除をすると決めました。申し訳ございませんが、ハルト様とリーゼロッテ様は掃除が終わるまでお庭を散策してください」

シャインさんが真面目な顔でそう言うと、魔女様が噛《か》んで含めるように私達に告げました。

「二人は日光浴でもしてなさい。少なくとも三時間は建物に入ってきてはだめよ！　ハルトはリーゼロッテに庭の案内でもしてあげるように」

「ハルト様、リーゼロッテ様、ガゼボにお茶とお菓子を用意してあります。お庭を散策されたあとはそちらでお休みください」

そう言ってお二人は玄関の扉を閉めました。

中から扉に鍵をかけた音がします。お掃除が終わるまで屋敷に入るのは難しそうですね。

「仕方ない、掃除が終わるまで庭を散策しよう。僕が案内するよ。もちろんリーゼロッテが嫌じゃなければ、だけど」

「嫌じゃありません！　むしろ、とっても嬉しいです！」

「そう……じゃあ行こうか。この先にバラ園があるんだ。バラは好き？」

「はい、とても」

ハルト様と二人きりになるのは、図書室で本を渡されて以来です。

彼に渡された本を読みながら、彼とデートすることばかり想像していたので、二人きりになると緊張します。

心臓がドクドクと音を立てています。最初からこんな調子で、三時間持つでしょうか？

ハルト様の後ろをついて歩くと、美しい庭園に辿り着きました。

「リーゼロッテ、ここがバラ園だよ」

庭の東側にこんなに素敵な場所があるなんて知りませんでした。

入口には白いバラと赤いバラのアーチがあり、私達を出迎えてくれました。

「わぁ～～、素晴らしいところですね。とても綺麗です。王室のバラ園よりも立派かもしれません」

そこには色とりどりのバラが咲いていました。

甘くてとってもいい香りがします。

「ありがとう。君の今の言葉を聞いたら、ここの手入れをしてるシャイン君が喜ぶよ」

「本当に見事です！　あそこにあるのは青いバラですか？　驚きです！　本には青いバラを作るのは、不可能と書かれていたのに……！」

この目でその花を見られる日が来るとは思いませんでした！

ここは国で一番、いえ、大陸で一番美しいバラ園かもしれません。

「シャイン君は庭いじりが好きでね。あちこちの国から種を輸入して、品種改良しているんだよ」

「そうだったのですね」

不可能とされた珍しいバラまで開発するなんて、シャインさんも天才ですね。

えっ？　あれ？　ちょっと待ってください。私、すごいことに気づいてしまいました。

「ハルト様、伺ってもいいですか」

「何？」

「お庭のお手入れは、シャインさんがされているんですよね？」

「そうだよ」

「お料理もシャインさんがされているんですよね」

「そうだね」

「お洗濯やお部屋のお掃除、買い物はどなたがされているのですか？」

「それも全てシャイン君がしているよ」

「以前、ハルト様は陛下から手紙をもらったのは、私が嫁ぐ前日だとおっしゃっていましたよね？」

「うん」

「シャインさんはたった一日で王都に行って私の噂を集め、その後、私の使う部屋を用意されたんですか？　通常の業務をこなしながら？」

「そうだよ」

「えっと……もしかして、このお屋敷に『シャイン』というお名前の執事さんが、三十人ぐらいいらっしゃるのですか？」

とてもお一人でこなせる仕事量ではありません。

「いないよ、シャイン君は一人だけだ。というか、君とアダルギーサが来るまで、この屋敷には僕とシャイン君の二人だけで暮らしていたからね」

こんな広いお屋敷のお手入れをたった一人でこなしているなんて、シャインさんは一体何者なんでしょう⁇

「えっと、シャインさんって分身の術が使えたりしますか？」

「さぁ、どうだろうね。聞いたことはないけど、もしかしたら彼なら使えるかもね。彼は何でもできるから」

「はわわっ……！　やっぱり！」

分身の術を使いこなされるのなら、このお屋敷の使用人がシャインさんお一人なのもうなずけます。

「シャインさんは、ハルト様がこのお屋敷に来てからずっとこのお屋敷にお仕えしているんですか？」

「そうだよ。まぁ正確には、彼とは僕がこの屋敷に幽閉される前からの付き合いかな」

「そうなんですか」

あれ？　ハルト様がこのお屋敷に幽閉されたのが二十九年前。

シャインさんがその頃からハルト様に仕えていたとすると、彼は四十歳を超えているはず……ですが彼は、二十代前半にしか見えません。

実年齢よりずいぶんと若く見えますが、何か特別な理由があるのでしょうか？

「ハルト様、シャインさんって今おいくつなんですか？」

実はああ見えてかなりお年を召されているのかも？

「二百歳」

「えっ？」

「冗談だよ。喉も乾いたし、そろそろガゼボに行こうか？」

「はい」

ハルト様、真顔で冗談を言うのはやめてください。本気にするところでした。

ガゼボに行くと、テーブルの上にティーセットとケーキスタンドが用意されていました。

ケーキスタンドにはハムと野菜のサンドイッチに、スコーンとジャムとクロテッドクリーム、苺の乗ったショートケーキが載っていました。

どれも美味しそうです。

花瓶には綺麗な花がいけられていました。

おしゃれで可愛い空間で二人きりで食事をするなんて、なんだか本当にハルト様とデートしているみたいです。

「お茶は私が淹れます」

「ありがとう」

陶器《とうき》のカップにミルクを注ぎ、そこに熱々のお茶を注ぐと、ガゼボにアップルティーの良い香りが広がりました。

お屋敷から出されてから大分時間が経過しましたが、なぜか紅茶は熱々です。

もしかしてティーポットに火の魔石が組み込まれているのでしょうか？

ケーキスタンドの周りに虫がいないのも、魔法の結界の効果かもしれません。

ハルト様は石に魔法文字を組み込むことに成功した、希代《きたい》の天才魔導士ですから、きっとこのくらいできてしまうのでしょう。

もうなんでもありです。何が起きても驚きません。

「美味しいよ。ありがとう」

ハルト様がお茶を一口含み、そう言って朗らかに笑いました。

「良かった！」

ハルト様に「美味しい」と言ってもらえただけで、胸がキュンと音を立てます。

思い返せば王太子殿下とのお茶会で殿下にお茶を淹れて差し上げても、一度も「ありがとう」と言われたことがありませんでした。

彼は仏頂面でお茶を飲むだけで「美味しい」と言われたことも、一度もありませんでした。

「リーゼロッテ、どうかした？」

「いえ、少し昔のことを思い出してしまって」

「それは楽しい思い出？」

「いえ、あまり……楽しいものではありません」

ハルト様が私の頭をそっと撫でてくださいました。

「大丈夫だよ。これから楽しい思い出を積み重ねて、楽しかったことだけ思い出すようにすれば、嫌な記憶はそのうち薄れていくから」

「はい」

ハルト様にそう言ってもらえると、なんだか本当にそんな気がしてきます。

「ところで、リーゼロッテに本を渡してから一週間経つけど、本は読み終わったかな？」

彼に本のことを言われてドキッとしました。

本で読んだ知識をもとにそれぞれの国の魅力を語り、彼に旅行したいと思わせるチャンスです！

ハルト様の真実の愛のお相手を探して、彼の呪いを解きたい。

その気持ちに偽りはありません。

だけどその相手が私ではないことが私の胸を締め付けます。

「はい、三冊とも読み終わりました。とても興味深い内容でした。挿絵もとても美しくて、その国に行ってみたくなりました！」

私は穏やかな笑みを浮かべ、できるだけ明るい声でそう伝えました。

笑顔で説明すれば、ハルト様も旅行に行きたい気分になるはずです。

口元や目元が引きつることなく、自然な笑顔ができているといいんですが。

「そっか……行ってみたくなったんだ」

そう言ってハルト様は目を伏せました。

その顔が、少し寂しそうに見えたのは私の思い違いでしょうか？

「詳しく感想を聞かせてもらってもいいかな？」

「はい。海の国は砂浜が美しく、魚介を使ったお料理がたくさんあるようです。一年に一度大きなお祭りがあって、その日はたくさんの人が王都に集まるようですよ。海に夕日が沈むところを描いた挿絵があってとても綺麗でした。絵ではなく実物を見たらきっと感動すると思います」

ハルト様を旅に連れ出しても、彼と一緒に海に沈む夕日を見るのは私ではないかもしれませんが。

「そう、リーゼロッテは海の国が気に入ったんだね」

「はい、とても」

私はハルト様の表情を見ました。

彼は笑顔で私の話を聞いていました。

でもよく見ると彼の眉と口角が下がっていました。

ハルト様は海の国にはあまり興味がないようです。

もしかしたら彼は水が苦手なのかもしれません。

ならば砂漠の国や雪の国の良さを伝え、旅に行きたいという気分にさせなくては！

「ですが、砂漠の国から見る満月の挿絵も美しいと感じました。砂漠にシートを敷いて寝転がりながら空を見上げられたら、星空の中に浮かんでいるような気分になるかもしれません」

砂漠の国の良さをうまく伝えられたでしょうか？

「君は詩人だね」

ハルト様の反応を見ると、彼は穏やかに微笑んでいました。

しかしその雰囲気はどことなく暗いです。

彼は砂漠の国にもあまり興味がないようです。

ハルト様は暑いところが苦手なのかもしれません。

こうなったら雪の国にかけるしかありません！

「雪の国から見るオーロラの絵も、とても素敵でした。雪の国には仔犬の大きさより大きな丸いチーズがあるんですよ。雪の国に行って食べてみたいと思いませんか？」

私は身振り手振りを使って情熱を込めて語りました。

説明を終えたあとハルト様のお顔を見ると、彼は目をぱちくりさせていました。

どうしましょう？　ハルト様は雪の国も好きではないようです。

「とても一番なんて決められません！」

こうなったら全ての国に行こうと誘ってみましょう。

たくさんの国を訪れれば、それだけハルト様の『真実の愛』の相手にふさわしい方が見つかる可能性が高まります！

「そうか……それは困ったな」

ハルト様は顎《あご》に手を当てて考え込むような仕草をしました。

「欲張りかもしれませんが、私は全部の国に行ってみたいです！　直接行ってその国の風土に触れてみたら、一番が決められるかもしれません！」

「君は全部の国に行きたいの？」

「はい、ハルト様と一緒に！」

「僕と一緒に……？」

ハルト様はキョトンとした顔をされました。

「ハルト様の『真実の愛』の相手を探す旅へ！　私、全力でサポートします！」

「えっ、あっ……ゴホッゴホッ！　何でそうなるの……？」

私の言葉を聞いたハルト様が、飲んでいた紅茶を詰まらせました。

「ハルト様、大丈夫ですか？」

私はハルト様の背中をさすりました。

「いや……『真実の愛』の相手を探す旅という言葉に驚いてしまって……。そうか、リーゼロッテはそんなことを考えていたんだ。その発想はなかったな……」

「あれ、もしかして新婚旅行のご相談でしたか？」

ハルト様は私を恋愛対象として見ていないのに、こんなことを言うのは図々しいでしょうか？

「ゲホッ、ゴホッゴホッ……!!」

彼は先程よりも激しくむせています。

「ハルト様、しっかりしてください！」

私は彼の背中を優しく撫でました。

「だ、大丈夫……ちょっと動揺しただけだから」

ハルト様のお顔は耳までまっ赤でした。

「リーゼロッテがここを出ていきたいんだと思って、もやもやした気持ちで本の感想を聞いていたけど……まさか彼女の口から『新婚旅行』という言葉が出てくるとは思わなかった……いや、浮かれている場合では……」

ハルト様は口元を手で隠し何かおっしゃいましたが、よく聞こえませんでした。

「ハルト様は図書室で、解呪は諦めているとおっしゃいました！　でも、私はあなたの呪いを解くのを諦めたくないのです！　だからあなたの『真実の愛』の相手を探す旅に出たいんです！」

私は彼の目をまっすぐに見つめ、そう伝えました。

ハルト様はしばらく困惑した表情をしていました。

彼は私から視線を逸らし、俯いて小声で何か呟き始めました。

「『新婚旅行』という言葉を聞いた時にはドキッとしたけど、リーゼロッテが僕の『真実の愛』の相手を探そうとしているということは、やはり僕は彼女の恋愛対象じゃないんだな……。そんなことはとっくにわかっていたはずなのに、僕はどうして落ち込んでいるんだ……？」

ハルト様の囁《ささや》きは私には聞き取れませんでした。

「君の気持ちは嬉しいけど、僕はこの屋敷から出られないから……」

ハルト様は目を閉じてしばらく沈黙したあと、顔を上げました。彼はとても暗い表情をしていました。

「結界を気にされているのですか？　でも結界はその気になればすぐに壊せるんですよね？」

それとも、ハルト様がこの屋敷にいることに拘《こだわ》る理由がほかにあるのでしょうか？

「ちょうどいい機会だから、昔話をしようか。この前の話には続きがあるんだ。聞いてくれる？」

過去の話をする時、ハルト様はいつも切なそうな顔をします。

彼のそんな顔を見ていると私まで胸が苦しくなります。

もっと彼の力になれたらいいのに……

「ぜひ聞かせてください」

ハルト様のことをもっと知りたいんです。

「……この屋敷に閉じ込められて九年が過ぎた頃。当時の国王が……父親が屋敷を訪ねてきたことがあってね」

「先代の国王陛下が？」

先代の国王陛下は私が生まれる前に亡くなられたので、お会いしたことはありません。

「屋敷に訪ねてきた父上は、魔女と付き合っていたのがワルモンドで、彼が僕の名前を騙り遊び歩いていたことも、魔女がワルモンドと間違えて僕に呪いをかけたことも、古文書の誤字を指摘したり、新しい魔法陣を開発したり、魔石に魔法文字を記して魔導具として使えるようにしたのが、僕だということにも気づいていた。気づいたというより、確信していた」

先代の国王陛下はハルト様が無実だとご存じだったのですか？

「ワルモンドは頭が悪いから僕と同じ真似はできない。僕の功績を奪って自分のものにしても、時間が経過すればボロが出る」

たしかに、凡人が天才の振りをするのは難しいでしょう。

ワルモンド陛下は他人は騙せても、先代の国王陛下は騙せなかったのですね。

「父上は全てを知りながら、僕にこう言ったんだ。『廃嫡されたお前が再び王太子となれば、臣下に示しがつかず、民にも不安を与えるだろう。お前とワルモンドのどちらを推すか、戸惑い、争う者も現れるかもしれぬ。政《まつりごと》にも悪影響を及ぼし、他国にも醜聞《しゅうぶん》が伝わるはずだ』ってね」

彼は一度深いため息をついた。そして、遠くを見つめながら話を続けました。

「それから父上はこうも言ってた。『民はすでにワルモンドを王太子として認め、あの者を信頼している。お前の功績をワルモンドに譲ってくれ。ワルモンドもウィルバートも同じ王族、王族同士で足を引っ張り合う姿を見せてはならない。血を分けた兄弟で権力争いをするなど、あってはならぬ』……とね」

ハルト様は平静を装っていましたが、その目は憂いを帯びていました。

信頼していたお父様に裏切られたことは、私が想像するより何倍もハルト様の胸を抉《えぐ》り、深く苦しめたことでしょう。

「そんなのあんまりです！」

私は無意識にテーブルを叩いていました。

手がジンジンします。

でもこんな痛み、ハルト様の心の痛みに比べたら大したことありません。

「先代の国王陛下がそんなひどい方だったなんて！　私、見損ないました！」

「そうだね、たしかにひどい。でも僕はその時『それもいいかな』って思ってしまったんだ。自分の冤罪《えんざい》を晴らすのも、『真実の愛』を見つけて魔女の呪いを解くのも、全部面倒くさくなってしまってね」

彼は目を伏せ、静かに息を吐き出しました。

「そんな……」

ハルト様は先代の国王陛下の言葉に失望し、全てを諦めてしまったのですね。

「リーゼロッテは冤罪が晴れて、全て妹のデリカが仕組んだことだと公表されたら、トレネンともう一度婚約したいと思う？　公爵家で両親と仲良く暮らせる？」

「えっ……？」

ハルト様に質問され、言葉に詰まりました。

王太子殿下とまた婚約する……？

私を無視してきた両親と再び一つ屋根の下で暮らす……？

「絶対に嫌です！　私に仕事を押し付けて遊んでばかりで妹と浮気して、一方的に婚約破棄を突きつけてきた王太子殿下ともう一度婚約するなんてごめんです！　それに妹の言うことしか信じなかった両親の顔なんか、二度と見たくありません！」

一度壊れた関係は、元には戻りません。

私が今覚えている不快感や嫌悪感を、ハルト様はずっと胸に抱いてきたのですね。

「そう思うよね。当時の僕も、リーゼロッテが今感じていることと同じことを思ったんだ」

飄々《ひょうひょう》とした態度で話されますが、当時のハルト様は相当傷ついたはずです。

「それに、僕の冤罪が晴れたら、ワルモンドの代わりに僕が王太子にならなければいけない。そして僕が魔女に呪いをかけられた時、僕を信じなかった臣下や民のために働かなくてはいけない」

彼は眉間に皺《しわ》を寄せ、疲弊した表情でそう言いました。

それは屋敷に幽閉されているよりもずっと辛いですね。

「それが嫌でね、僕は冤罪を晴らすのを諦めたんだ」

彼は穏やかな笑顔を浮かべていましたが、その笑顔はどこかぎこちなく、目の奥に疲労の色が宿っていました。諦めと寂しさが交じったような、切なげな表情でした。

「そんなことがあったのですね……」

ハルト様は先代の国王陛下だけでなく、周りの人達にも失望したのですね。

「本に誤字や計算違いがあるのは放っておけないから、誤字報告だけは今でも続けているけどね。

それから魔石の、うっ……！」

その時、ハルト様が手にしていたティーカップが滑るように落ちました。

ガシャーンと音を立ててカップが砕け散り、辺りに破片が飛び散りました。

「ハルト様！」

彼はテーブルに肘をついて自分の額を押さえています。

「リーゼロッテ、心配しないで、ちょっとめまいがしただけだから」

心配しないでと言われても、ハルト様のお顔の色はまっ青です。

「私、シャインさんを呼んできます……！」

「駄目だ……！」

立ち上がろうとした私の手を、ハルト様が掴みました。

「あのっ……」

そういう場合と状況ではないのですが、ハルト様に握られた手が熱いです。

心臓がドキドキします。

「あっ、ごめん。急に手を掴んだりして」

ハルト様が私の手を放しました。

「少し横になっていれば治るから」

「ですが……」

「心配しないで、そこの長椅子に横になっていればすぐに治まる。リーゼロッテ、すまないけど少し手を貸してくれないか？」

「はい、もちろんです」

私はハルト様の体を支え、ガゼボの長椅子に寝かせました。

横になったハルト様の顔は青白いまま。

心配するなと言われても無理な相談です。

「これは病気じゃないんだ。ただの魔力不足」

「魔力不足……ですか？」

「リーゼロッテは、以前ここで僕が魔石について話したのを覚えている？」

「はい、ハルト様が石に魔法文字を刻んで、魔力を込めるとさまざまな効果を発揮する魔石にしたんですよね」

石に水の魔法文字を刻むと、水が出る魔石ができます。

火の魔法文字を刻めば、火を出せる魔石ができます。

魔除けの魔法文字を刻めば、モンスター避《よ》けの結界を張れる魔石ができます。

「あの時も少し説明したと思うけど、魔石に魔力を流しているのが僕なんだ」

「確かあの時、ハルト様は魔石を動かすには大量の魔力が必要だとおっしゃいましたよね。魔石に誰かが大量の魔力を送り続ければ、魔石の持ち主が使う時に少し魔力を込めれば、使えるようにできるとも……。もしかして国中の魔石に魔力を流しているのがハルト様で、今も魔力を流し続けているのですか⁉」

魔石は数が限られて高価なので、王族と一部の貴族しか持っていません。

それでも相当の数です。

国境の壁には魔物避けの結界として魔石が埋め込まれています。

魔石の開発により王城では使用人は水汲みの仕事から解放され、薪がなくても火を熾せるようになり、料理やお風呂の支度がとても楽になったと聞いています。

「水、火、結界の魔石の数を合わせたら千を超えます！」

もしかしたら私が知らないだけで、魔石の数はもっと多いかもしれません。

「君の推測通り、全ての魔石は開発者である僕の魔力で動いている。魔石の使用時にはその者の魔力を使うけど、それは魔石を動かす魔力の必要量の一パーセント以下に過ぎない。魔石は僕の魔力を糧に動いている。ワルモンドが僕の研究を盗んで、自分の成果として発表してからずっと、僕は国中の魔石に魔力を流し続けている」

ハルト様は少しやつれた表情で遠くを見つめ、苦しそうに目を細めそうおっしゃいました。

「だけど……最近、魔石の使用量が増えたのか、時々こうして魔力切れを起こすんだ」

「私はてっきり、魔石の開発が進んで、大量の魔力を使わなくても魔石を動かせるようになったのだと思っていました」

「そうできたら良かったんだけどね」

ハルト様は魔力切れを起こすような状態なのに、初めてお会いした時、私にそよ風《ブリーズ》とヒールの魔法を使ってくださったのですね。

「僕が魔力切れを起こす度、シャイン君に『魔石に魔力を流すのをやめてください！』って怒られているんだ。僕がまた魔力切れを起こしたなんて知ったら、彼に長時間お説教をされてしまう。だから、僕が今日倒れたことは彼には黙ってて」

ハルト様はどこまでお人がよいのでしょう。

「シャインさんが怒るのは当然です。私も彼の意見に同意します。魔力切れの状態で魔石に魔力を流し続けるのは危険です。今すぐやめるべきです」

先代の国王陛下も、ワルモンド陛下も、ハルト様にひどいことをしました。

国民はワルモンド陛下が流したハルト様の悪い噂を信じています。

なのに、どうしてハルト様は、そこまでして国のために尽くすのでしょう。

「どうしてハルト様は、ご自分の身を危険に晒してまで魔石に魔力を流し続けるのですか？」

「なんでだろうね。魔石を作った責任かな？」

「ハルト様の隠しておいた魔石を見つけて、普及させたのは陛下です！　ハルト様が責任を感じる必要はありません！」

「リーゼロッテは、案外厳しいんだね」

「魔石を作った功績は、ワルモンド陛下に奪われたのですよ！　あなたがどんなに頑張っても国に功績を認められません。国民に感謝されることもありません。それなのになぜ、ここまでするのですか？」

人がよいのを通り越して聖人レベルです。

「君の言う通り、発端は僕の部屋にあった魔石を、ワルモンドが持ち出して、自分の功績として発表したからなんだけど……」

この屋敷に来てから私の中のワルモンド陛下の評価が下がりまくっています。

彼の評価はゼロを通り越してマイナス、いえ地の底です。

「うまく説明できないんだけど、水と火の魔法文字を刻んだ魔石が普及したことで、人々の生活が便利になって嬉しいんだ。同様に魔除けの文字を刻んだ魔石によって、魔物の被害が減ったことも嬉しいんだ。たとえ何一つ僕の手柄にならなくてもね」

王族に見捨てられ、民に罵られ、それでもハルト様は、国や民を見捨てられないのですね。

ハルト様は優しすぎます。

「僕が死んだら魔石はただの石に戻ってしまう。だけどそれまでに国の魔術が進歩して、魔石に変わるものができるといいなって……」

ハルト様より魔術に精通されている方なんて、この国にはおりません。今後現れることもないでしょう。

クルーゲ王国には優秀な方が育つ土壌がないのです。

国王陛下は魔導士の育成にお金をかけません。

たまに魔力の高い生徒や魔導書に詳しい生徒が現れても、王太子殿下が彼らに嫉妬し『俺より優秀な人間は学園にはいらない！』と言って彼らを学園から追放してしまうのです。

優秀な魔導士の卵が、何人国外に流出したことでしょう。

ハルト様がいなくなれば、この国の未来は暗いでしょう。

「僕の死後、すぐに代用品を作るのは無理かもしれない。でも五十年ぐらいかければ、魔石の代用品ができるかなって。五十年間魔石を動かせるだけの魔力を、魔導具に溜めてあるんだ」

「今使われている魔石に魔力を注ぐだけでも大変なのに、この先使われる分も見越して、魔導具に魔力を注いでいるのですか？」

「そうだけど？」

どうして、さらっとそんなことが言えるんですか。

シャインさんが、彼に怒る気持ちがよくわかります。

「魔力切れを起こして当然です！　今すぐ魔石に魔力を流すのをやめてください！　せめて今後使う分の魔力を、魔導具にストックするのはやめてください！」

どうしてこの方は、こんなにも自分の身を大切にしないのでしょう？

「リーゼロッテ、もしかして怒ってる？」

彼は困惑の表情を浮かべました。

「私を怒らせているのはハルト様です！　あなたは、もっとご自分を大切にするべきです！」

「ごめんね……………気をつけるよ」

自身の死後、五十年間、魔石を動かせるだけの魔力を魔導具に溜めておくなんて……ハルト様はどれだけこの国のために尽くす気なんですか？

もっといろいろ言いたいことはあったのですが、体調不良を起こしている人間にこれ以上言うのは酷ですよね。

しばらくして、「すーすー」と寝息が聞こえてきました。

ハルト様は長椅子に横になったまま、眠ってしまったみたいです。

「可愛い」

中身は大人でも、寝顔は十二歳の子供ですね。

無邪気な寝顔はまるで天使のよう。

でも枕がなくて眠りにくそうです。

「膝枕……しても許されるでしょうか？」

白い結婚とはいえ、ハルト様は私の旦那様。

妻が夫に膝枕しても許されますよね。

彼の頭を動かそうと、私はハルト様の髪にそっと触れました。

彼の髪はさらさらです。

ハルト様の髪の感触が心地よくて、思わず彼の頭を撫でてしまいました。

このままずっと彼の髪を撫でていたい……

いけません、目的を忘れるところでした。

私は彼の頭を優しく持ち上げ、自分の膝の上に乗せました。

誰かに膝枕をするなんて初めてです。

ハルト様が子供の姿で、眠っているからこそできたことです。

「結局、ハルト様が旅に出る決心をさせられませんでした」

魔女様が、彼の呪いを解く方法は「互いのファーストキスプラスアルファ」だと言いました。

私はキスしたことがないので、相手としての条件は満たしています。

あとはプラスアルファが何かわかれば。

キスのことばかり考えていたので、ハルト様の唇が気になって仕方ありません。

今、私の唇とハルト様の唇が触れたら……どうなるのでしょう？

試してみても………いいでしょうか？

自身の顔をハルト様に近づけます。

心臓の鼓動が煩いくらいに高鳴っています。

もう少し、あと三センチで私の唇がハルト様と重なる……

その時、「ピピッ……！」と鳴き声がしてすぐ傍《そば》の木から小鳥が飛び立ちました。

私は何を考えているのかしら！

呪いを解くためには、お互いファーストキスでなくちゃいけないのに……！

プラスアルファがわからない状態でハルト様にキスしたら、彼にかけられた呪いは永遠に解けなくなってしまいます！

雰囲気に流されて、その貴重な一回を、無駄に使ってしまうところでした！

それに、寝ている相手を襲うなんて最低です！

自分で自分が許せません!!

呪いを解く条件が「思い合っている者同士のキス」であれば、ハルト様は私を恋愛対象として見ていないのに……！

ハルト様、ごめんなさい！　ごめんなさい！　ごめんなさい！

私は心の中で何度もハルト様に謝罪しました。


「ふぁ……」

そうしているうちに睡魔《すいま》が襲ってきました。

そういえば、昨日も夜遅くまで本を読んでいたので、寝不足でした……

ハルト様の頭を膝の上に乗せたままですが、少しだけ目を閉じてもいいでしょうか……？


このあと、シャインさんが起こしに来るまでぐっすりと眠ってしまいました。

目を覚ましたハルト様が私に膝枕をされていたことに気づき、ひどく動揺していました。

「き、君はもっと淑女としての慎みを持って……！」

ハルト様に怒られてしまいました。

◇　◆　◇

――一方その頃、トレネン王太子の執務室。

リーゼロッテと婚約破棄して二週間が過ぎた。

あの女のしかめっ面を見ることも、お小言を言われることもなくなり、俺は清々していた。

学園の授業を終え帰宅したあと、まっすぐに執務室に向かい、真面目に王太子の仕事をこなしているところだ。

デリカに仕事ができる男だと思われたいからな。

「デリカはどうしている？」

俺は仕事がひと段落したのでペンを止め、侍従長に尋ねた。

「王太子妃教育に勤しんでおられます」

「そうか」

デリカが俺の婚約者になったことで彼女の王太子妃教育が始まった。

彼女と遊ぶ時間が減ったのが唯一の不満だな。

不出来なリーゼロッテでさえ一年で王太子妃教育を終えたのだ。

リーゼロッテより優秀なデリカなら、半年もあれば王太子妃教育を終えるだろう。

「よし、天気もいいし、今日は鷹《たか》狩りに行こう」

「申し訳ございません、殿下、鷹《たか》狩りはお控えください。仕事が滞っております」

侍従長に言われて俺は首を傾げた。

「はっ？　俺の分の仕事は終わったぞ」

「お言葉ですが殿下、王太子妃の仕事が残っております」

「何？　王太子妃の執務はデリカの仕事だろ？」

「わたくしもデリカ様にそうお伝えしたのですが、デリカ様は『私は、王太子妃教育を始めたばかりで、その仕事をする余裕がないの。王太子妃の仕事は、殿下にお願いして』とおっしゃるばかりで」

彼女がそんなことを言っていたのか？

「このままでは、王太子妃の仕事が溜まっていく一方。ですので、殿下に王太子妃の仕事もこなしていただきたく」

「わかった」

覚えることも多いだろうからな、王太子妃の仕事まで手が回らないのだろう。

俺がデリカを支えてやらなければ。

「それと申し上げにくいのですが、殿下の本日の執務もまだ終わっておりません」

「何⁉　どういうことだ、いつもの量の書類は片付けたぞ？」

「あれは王太子の執務の十分の一の量でございます」

「あれでか……？」

結構な量の書類を片付けたと思ったのだが、あれで十分の一だというのか？

「今までは殿下の分のお仕事も、リーゼロッテ様がされておりました」

「くっ、そうだったのか……？」

リーゼロッテが俺の分の仕事もしていたなど、初耳だ。

「それから殿下、学園の課題もまだ終わっておりません」

「はっ？　学園の課題？　そんなものがあったのか？」

俺はもう三年だが、入学してから一度も課題などしたことがないぞ。

「今までは殿下の分の宿題もリーゼロッテ様がされておりました」

そう言われて初めて、学園に入学してすぐのことを思い出した。

友人と遊びに行きたいのに、課題の量が多くて辟易《へきえき》した。

だから暇そうにしているリーゼロッテに、俺の分の課題を押し付けたことがあった……

「まさか、入学してからずっと、俺の分の課題をリーゼロッテがやっていたのか？」

あの女の成績は下から数えたほうが早い。

そんなポンコツなリーゼロッテに、王太子妃の仕事と王太子の仕事、加えて二人分の課題をこなせるわけがない。

「デリカ様は王太子妃教育がお忙しく、とても学園の課題までは手が回らないそうですので、デリカ様の分の課題も殿下がなさってください」

「何だと……！　それでは俺は遊ぶ時間どころか、寝る時間すらなくなってしまうではないか！」

こんなことになるなら、学園を卒業するまではリーゼロッテには婚約者でいさせて、課題だけでもやらせるべきだった。

「デリカの王太子妃教育を学園卒業後に延期できないのか？」

二人分の学園の課題に王太子の仕事、王太子妃の仕事まで……

とても一人ではこなせそうにない。

「それは構いませんが、王太子妃の教育がなくなったところで、デリカ様に王太子妃の仕事が満足にこなせるかどうか……」

「デリカはリーゼロッテより百倍優秀なんだ！　王太子妃の仕事ぐらい、なんなくこなせるはずだ！」

「そうだとよろしいのですが……」

侍従長は険しい顔をしてそう言った。

◇　◆　◇

——同時刻、デリカの執務室。

トレネン様と婚約して二週間が過ぎたわ。

彼と婚約してから、学園が終わればまっすぐお城に来ているの。

お城にはわたしの部屋も用意されているのよ。

わたしは王太子の婚約者なんだから当然よね。

結構広い部屋だし、家具も豪華だから気に入ってるの。

唯一気に入らないのは、この部屋で勉強ばっかりさせられることよ。

わたしの机の上には経済学、古代語、歴史、天文学、他国の文字で書かれた難しい本などが山積みにされている。

わたしは今、どこの国の文字かもわからない、ミミズがのたくったような字がびっしりと書かれた本と睨めっこしている。

「デリカ様、三行目から呼んでください」

「無理よ、一行も読めないわ。もっと簡単な本を持ってきてよ」

家庭教師を睨みつけると、彼女は「はぁ……」と深く息を吐いた。

「マナーもだめ、ダンスもだめ、語学もだめ。その上、この国の歴史や地理すら正確に把握されていない。王太子妃教育以前の問題ですわ。デリカ様は本当に学園で優秀な成績をおさめていらっしゃるのかしら？」

家庭教師が蔑《さげす》むような目で私を見る。

「うぐっ……！」

リーゼロッテが寝ている間に彼女の部屋に忍び込み、彼女が解いた宿題を盗み、自分の名前に書き換えて提出していた。

学園のテストは色仕掛けでたらしこんだ教師を味方につけ、リーゼロッテの答案と私の答案を交換させた。

そのおかげでわたしは学園主席、リーゼロッテは下から数えたほうが早い成績になった。

算術教師のミハエル先生は若くてイケメンだから、落としがいがあったわ。

ミハエル先生にはこれからもわたしのために働いてもらうんだから。

公爵家の長女に生まれたというだけで王太子の婚約者に選ばれ、わたしを見下していたリーゼロッテ。

私は昔から彼女のことが嫌いだった。

だからわたしの悪事を全部リーゼロッテに押し付け、王都に彼女の悪い噂を流した。

リーゼロッテは簡単に王太子の婚約者の地位から転がり落ちていった。

ほんと、いい気味よ。

婚約破棄されたあと、彼女は学園に来なくなってしまったけど、わたしの分の宿題はトレネン様がやってくださるから問題ない。

学園のテストはほかの優秀な生徒の答案と交換すればいいわ。

教師にテストの問題を教えてもらう最終手段もあるわね。

煩《わずら》わしいのは王太子妃教育だけなのよ。

うざったいったらないわ。

王太子の婚約者になったら、たくさんドレスやアクセサリーを買ってもらえて、毎日遊んで暮らせるんじゃないの？

こんなに厳しい王太子妃教育があるなんて聞いてない！

「リーゼロッテ様が王太子妃教育を受けたのは十歳の時でしたが、あなたより余程物覚えがよかったですよ」

この家庭教師は何かにつけてリーゼロッテとわたしを比べる。

「煩いわね！　年増のおばさんは黙ってて！　これでもくらいなさい！」

わたしは、カップに入っていた熱々の紅茶を家庭教師にかけた。

「きゃぁぁぁ!!」

彼女は紅茶をかけられた箇所を押さえ、部屋を飛び出していった。

ざまぁないわね。このわたしを怒らせるからよ！

彼女がわたしに紅茶をかけられたことを、誰かに告げ口したって全く構わない。

「家庭教師が先にわたしに紅茶をかけようとしたんです～。わたしは避けようとしただけなんです～」

そう言って、涙目でトレネン様に訴えればいいのだから。

トレネン様はわたしに夢中。

わたしの言うことなら何でも信じてくださるわ。

「もう王太子妃教育なんてやってられないわ！」

わたしはベルを鳴らして使用人を呼んだ。

ベルを鳴らした三十秒後にメイドが部屋に入ってきた。

「お呼びでございますか、デリカ様？」

「お菓子を持ってきて！　最低でも百種類は用意しなさい！　それとお風呂の用意もしてよね！

脚付きの小さなバスタブなんて嫌よ！　王妃様の使う大浴場を貸し切りなさい！　三種類の浴槽《よくそう》にそれぞれ別の物を浮かべて！　今日はバラの花びら、レモン、りんごをお風呂に浮かべたい気分だわ！」

「お言葉ですが、焼き菓子を百種類用意するだけで魔石を大量に使います。連日の魔石の使用で料理人が魔力不足に陥っております」

メイドが口答えをした。

「何よ？　文句あるわけ？」

「湯浴みの用意にも水の魔石と火の魔石を大量に使います。もう少しご配慮いただきたく……」

「あなた、熱々の紅茶を頭からかけられたいのかしら？　それともティーポットを投げつけられたい？」

わたしがティーポットを掴むと、メイドが顔を青くした。

「たくさんのお菓子を並べて、どれにしようか迷うのが楽しいんじゃない！　お風呂だって同じよ！　大きな湯船に入らないとお風呂に入った気がしないの！　いろんな香りのする湯を用意してどれに入ろうか迷うのが楽しいのよ！　王太子の婚約者なんだから、このぐらいのわがままは通って当然でしょう？」

ここまで説明してやったのに、メイドは動こうとしなかった。

「どうやらあなたは、熱々の紅茶を頭からかけられないと私の言葉が理解できないようね」

私はティーポットを手に持ち、彼女を睨みつけた。

「申し訳ありません！　今すぐ用意します！」

メイドは頭を下げて部屋から出ていった。

「最初から素直に言うことを聞けばいいのよ」

あとはトレネン様に言って、王太子妃教育をなくしてもらうだけね。

王太子の婚約期間なんてすっ飛ばして、さっさと彼と結婚したいわ。

第四章　眠れない夜

「シャイン君、なんで今日に限ってパシャマじゃなくてバスローブなの？」

お風呂上がり、いつものようにパジャマを着ようとすると、なぜかバスローブが用意されていた。

疑問に思いながらも着替え、自室の前で控えているはずのシャイン君に声をかける。

返事をしないシャイン君に怪しみながら扉を開くと、そこには思わぬ光景が広がっていた――

「魔女様、このシュミーズ《肌着》、丈が少し短すぎませんか？」

扉の向こうは廊下ではなく、豪華な天蓋付きのベッドがある桃色の壁紙が可愛らしい部屋だった。

どういうわけか、リーゼロッテも僕とほぼ同じタイミングで部屋に入ってきた。

「えっ？　リーゼロッテがどうしてここに？」

「ふぇっ⁉　ハルト様がどうしてここに？」

シュミーズ《肌着》姿のリーゼロッテに思わずドキリとする。

確かここは、リーゼロッテと僕の部屋の間にある夫婦の寝室。

使うことはないと思って鍵をかけていたはずだけど……なぜ僕はこの部屋にいるんだろう？

「私はお風呂上がりにパジャマに着替えようと思ったら、シュミーズ《肌着》が用意されていたので、廊下に待っているはずの魔女様に理由を尋ねようと扉を開けたのです。扉を開けたらこの部屋にいました」

リーゼロッテは頬を染めながら言った。

「これは僕の推測だけど、僕とリーゼロッテの部屋の扉に、扉を開けるとこの部屋に転移するように魔法がかけられていたんだと思う」

「ええっ⁉」

こんな芸当ができるのはアダルギーサしかいない。

「とにかくこの部屋から出よう」

色っぽい格好の彼女といたら、僕の心臓が持たない。

扉の取っ手に手を触れると、バチッと音がして指に電流が流れた。

「大丈夫ですか？　ハルト様！」

「平気だよ、ちょっと指先がピリッとしただけだから」

何を考えているんだ、あの魔女は？　サンダー一回分のダメージを受けたぞ！

「どうやらこの扉から外に出るのは無理そうだ」

扉をよく見ると、メモが挟まっていた。

「ハルトとリーゼロッテへ。お二人は初夜がまだ済んでないようですね。リーゼロッテがこの家に嫁いできてしばらく経ちます。たまには夫婦仲良く、一緒のベッドで寝てはいかがかしら？　部屋の飾りつけはしておきましたので、今宵はこの部屋でお楽しみください。ちなみに、この扉は朝になるまで開きません。感電したくなかったら、大人しくベッドで休んでください。お節介な魔女より」

　僕はメモを読んで深く息を吐いた。

「まったく、アダルギーサは何を考えているんだ……」

「ハルト様と一夜を……」

　リーゼロッテもメモを読んだようだ。

　彼女の顔がさらに赤く色づく。

　僕はリーゼロッテを清らかな体のまま、他所《よそ》の国に移住させようと思っていたのに。

　アダルギーサはなぜ邪魔をしようとするのか？

　まぁ、僕がリーゼロッテに触れなければ問題ないんだけど。

　僕は窓から脱出できないか調べたが、そちらにも魔法がかかっていた。

「どうやら、今日はこの部屋で過ごすしかないみたいだ」

「ええっ……！」

「心配しないで、朝になればこの部屋から出られるみたいだから、それまでの我慢だよ」

「あっ、朝までハルト様と同じ部屋で過ごすのですか……？」

　リーゼロッテが顔を耳までまっ赤に染め、シュミーズ《肌着》の裾《すそ》をぎゅっと握りしめる。

　彼女の初々しい姿を見ていたら、こっちまで恥ずかしくなってきた。

「あっ、安心して！　僕はソファーで寝るから！」

「駄目です！　ハルト様が風邪を引いてしまいます！　私がソファーで寝ます」

「女の子をそんなところで寝かせるわけにはいかないよ！」

「それなら私だって、子供をそんなところで寝かせるわけにはいきません！」

子供って……僕は見た目は十二歳だけど、中身は大人なんだけどな。

リーゼロッテにとって、僕は子供なんだ……

彼女に恋愛対象として見られていないとは知っていたけど、言葉にされるとショックだな。

「僕は見た目は子供だけど、中身は………ふっ、はっ、はっ、はくしゅん！」

「くしゅん……！」

僕がくしゃみをすると、僕とほぼ同じタイミングで彼女もくしゃみをした。

「ハルト様、なんだか急に寒くなってきましたね」

部屋の温度が急激に下がっている？

もしかしてこれもアダルギーサの魔法なのか？

このままではリーゼロッテが風邪を引いてしまう。

「仕方ない、二人でベッドを使おう。毛布や布団を掛ければ暖かいはずだ。ベッドは広いから、端と端に分かれて寝れば、お互いの体が触れ合うことはないよ」

「は、はい……」

リーゼロッテを見ると頬の赤みが先程より増していた。

そんな表情をされると、余計に意識してしまうからやめてほしい。

「ここは暖かいんだな……」

ベッドに乗ると、そこだけ部屋の温度が違っていた。

ベッドの周りだけ春の日だまりのように暖かい。

どうやら彼女は僕達を凍死させる気はないようだ。

その代わり何が何でも、僕達を一緒のベッドで寝かせたいらしい。

「僕と一緒に寝るのは嫌かもしれないけど、一晩だけだから我慢して。アダルギーサには二度とこんなイタズラをしないようによく言っておくから」

「私は……ハルト様とでしたら……嫌では……」

「えっ？」

僕の聞き間違いだよね？

リーゼロッテは今、「嫌じゃない」と言ったような気がしたけど……？

なにそれ、どういう意味？

「あの……今の言葉に、ふっ、深い意味はないんです！　忘れてください！」

「わかった……！」

彼女は子供姿の僕を男として意識していない。

だから、一緒に寝ても平気だよ、嫌じゃないよって意味かな？

僕はベッドの右端に、リーゼロッテはベッドの左端に寝ることにした。

「…………」

「…………」

ね、眠れない……！

壁時計のカチカチという音が部屋の中に響く。

お、女の子と一緒のベッドで寝るなんて……は、初めての経験だから、どうしていいのかわからない。

ちらりと横に寝ているリーゼロッテを見ると、スースーと静かに寝息を立てていた。

リーゼロッテは眠れるんだ。

僕は彼女に全く男として認識されてないんだな。

僕は意識しすぎてどうにかなりそうなのに……！

いつもの清楚な雰囲気と違って、彼女のシュミーズ《肌着》姿は色っぽくて……。

シュミーズ《肌着》を着て頬を染めていた彼女の姿が頭から離れない。

彼女は僕が大人の姿でも、平気で眠れたのかな？

彼女に傷一つつけずに手放すつもりだから、それでいいんだけど……なんだか胸がもやもやするな。

この感情をどう処理すればいいのかわからない。

それに、このままでは緊張して眠れそうにない！

こうなったら、自分に眠りの魔法をかけて休んでしまおう。

「おやすみ、リーゼロッテ。スリープ」

僕は小声で睡眠の魔法を唱えた。

その効果で、翌朝までぐっすりと眠ることができた。

◇　◆　◇

――その頃、アダルギーサとシャインは……

「新妻をほっといて、自分にスリープの魔法をかけて先に眠るとか……デリカシーのかけらもない男ね」

アダルギーサは水晶玉に映し出された映像を見て、ため息をついた。

「ハルト様は純粋な方ですから」

ハルト至上主義の執事が主のフォローをする。

「羊が百五十一匹、羊が百五十二匹、羊が百五十三匹……」

熟睡するハルトの隣で、リーゼロッテが囁《ささや》くような声で羊を数えている。

彼女はハルトを意識して眠れないのだ。

「アダルギーサ様、二人を添い寝させることと、ハルト様の呪いを解くことに関係はあるのでしょうか？」

「大ありよ！」

「それはどのような……？」

「言えないのよ！」

「はぁ……？」

シャインは困惑する。

ハルトの呪いを解くには「お互いにファーストキスであることとプラスアルファ」が必要だ。

ハルトもリーゼロッテもキスは未経験なので、一つ目の条件は満たしている。

プラスアルファについては、本人にも周りにも教えることができない。

そのプラスアルファとは、「お互いが自分より相手を大切に思っていることと、お互いが素直な気持ちを告白すること」である。

ハルトはリーゼロッテの幸せを思って手放そうと画策《かくさく》し、リーゼロッテは自分の気持ちを押し殺してハルトの『真実の愛』の相手を探そうとしている。

呪いを解くための二つ目の条件「お互いが自分より相手のことを大切に思っていること」は満たしている。

あとは、お互いの素直な気持ちを告白するだけである。

条件を完全に満たすためには、ハルトとリーゼロッテに自分の気持ちを自覚させなければならない。

「ハルトもリーゼロッテも、あれだけ互いに大切に思い合っているのに、当人達に恋をしている自覚がないなんて、鈍感にも程があるわ。それが二人の良いところでもあるんだけど」

アダルギーサは水晶玉に映る二人の姿を見つめて呟いた。

「だからアタシは仕方なく荒療治に出た。これで二人が、少しでも自分の気持ちに気がついてくれるといいんだけど……」

◇◆◇

リーゼロッテと添い寝をした翌日、僕は朝早く目を覚ました。

彼女は僕より先に目を覚ましていた。

「おはようございます。ハルト様」

普段のきちんとした身なりの彼女とは違い、髪が少し乱れ、服も少しだけ着崩れていた。

寝起きの彼女も色っぽい……心臓がドクンと音を立てた。

「お、おはよう……」

僕は彼女を直視できなくて顔を背けた。心臓の鼓動が煩《うるさ》いほど胸を打つ。

早く部屋を出よう。

部屋のドアノブを回すとあっさりと開いた。

リーゼロッテを彼女の自室まで送ってから、僕は自分の部屋に戻った。

自室に入った瞬間、どっと疲れが出た。僕は扉に背を預け、そのままズルズルと座り込んでしまった。

彼女の前では平静を装っていたけど、昨夜も今朝も心臓が口から飛び出しそうなくらいドキドキしていた。

添い寝とか……いろいろと過程を飛ばしすぎだよ。

アダルギーサの悪ふざけにも困ったものだ。

それにしても……僕はスリープの魔法をかけないと眠れなかったのに……

彼女はそんな助けがなくてもぐっすりと眠れたんだな……

それはつまり……僕はやっぱり彼女に男として認識されていないってことで……

そのことに、なんで僕はこんなにも傷ついているんだろう？


僕は普段着に着替えてリビングへ向かった。

食堂の扉の前で、普段着用のドレスに着替えたリーゼロッテに遭遇《そうぐう》した。

少し前まで一緒の部屋にいたので、こうしてまた顔を合わせると照れくさい。

彼女は僕と目が合うと恥ずかしそうに頬を赤らめ、胸の前で両手を握りしめ、視線を逸らした。

普段着の彼女も清楚で可憐だけど、シュミーズ《肌着》を着た彼女も、セクシーで……

って何を考えているんだ、僕は！

当分、彼女のシュミーズ《肌着》姿が頭から離れそうにない。

食堂の扉を開けると――

「おはよう、お二人さん」

「昨夜はよくお休みになられましたか？」

含み笑いを浮かべたアダルギーサと、爽やかに笑うシャイン君に出迎えられた。

「おはようじゃないよ！　アダルギーサ、どうしてあんないたずらをしたんだ！　あやうく凍死するところだったよ！」

室内を真冬並に冷やすなんてありえない。

「凍死しなかったんだからいいじゃない。それにベッドの周りは暖かかったでしょう？」

アダルギーサがクスリと笑い、お皿に載った苺を一つつまんで口に放り込んだ。

「たしかに、ベッドの周りは暖かかったけど……」

「新婚なのに寝室を別々にしているから、お膳立《ぜんだ》てしてあげたのよ」

「余計なお世話だよ。アダルギーサだって知っているだろ？　僕とリーゼロッテは政略結婚だって。彼女は望んで僕に嫁いできたわけじゃない。だから僕とリーゼロッテが床《とこ》をともにする必要はないんだ」

リーゼロッテを綺麗な体のまま、他国に移住させたい。

「貴族の結婚なんてそんなもんじゃないの？　家同士の結びつき、政治の道具、資金の調達、権力ほしさ、本人の意思とは関係なく結婚させられる」

まぁ、たしかにそうだけど……

「国王の命令で、強制的に結婚させられたのは気の毒だけど、いい加減、リーゼロッテと夫婦になったと認めなさいよ。あなただってあの子のこと、嫌いじゃないんでしょ？」

なんでリーゼロッテの前でそんなことを聞くんだよ！

彼女が僕の顔をじっと見ている。

「リーゼロッテのことは嫌いじゃないよ、むしろ好……」

危ない！

魔女の話術に流されて、告白するところだった。

えっ？　待って！

僕はリーゼロッテが好きなのか？

たしかに清らかで優美で魅力的で愛らしい子だとは思うけど……！

いくつ離れていると思っているんだ！

十八歳の少女を好きになるなんてありえない！

『す』のあと、なんて言おうとしたの、ハルト？」

アダルギーサが口元をニヤつかせて聞いてくる。

「好、すすす……スイーツが食べたい気分だな。シャイン君、今日の朝食はホットケーキの苺ソース添えにして。飲み物は熱々のコーヒーがいいな」

僕は自分の席に座り、何事もなかったように朝食を注文した。

「かしこまりました、ハルト様」

「話題を変えて逃げたわね。臆病者」

アダルギーサがチッと舌打ちした。

「そうですよね。ハルト様が私のことを好きなわけがありませんよね……」

リーゼロッテが何か囁《ささや》いたが、よく聞こえなかった。

「リーゼロッテ様はいかがいたしますか？　何か食べたい物は？」

彼女も自分の席に着く。

「私もハルト様と同じもので……」

彼女は伏し目がちで、口角が下がっていた。

その表情から、彼女が落ち込んでいるのがわかった。

「あら、よく見たらリーゼロッテの目の下にクマができてるわ」

「えっ？」

リーゼロッテの目の下にクマ？

今朝は彼女の顔をまともに見られなかったから、気がつかなかった。

でも、おかしいな？

彼女は僕より先に寝息を立てていたから、寝不足になるはずがないんだけど。

「リーゼロッテ、もしかして昨日眠れなかった？　僕のいびきが煩かったかな？」

知らない間にいびきをかいて歯ぎしりしていたらどうしよう？

「ハルト様はいびきなどかいていませんでした」

「そう、なら良かった」

僕は胸を撫で下ろした。

「リーゼロッテは一晩中、羊の数を数えていたのに、どこかの誰かさんは、自分にスリープの魔法をかけて一人だけさっさと寝ちゃうんだから」

アダルギーサが不機嫌そうに言った。

「えっ？　リーゼロッテは一晩中、羊の数を数えていたの？」

「えっ？　ハルト様はスリープの魔法を使って眠ったのですか？」

僕とリーゼロッテの声が同時に出た。

「僕は昼間ガゼボで仮眠したせいか……なかなか眠れなくてそれで……」

「私もです。ガゼボでお昼寝したせいか、寝付けなくて……」

リーゼロッテが僕より先に寝てしまったのは勘違いで、彼女は昨夜、眠れなかったんだね。

ということは……僕は彼女に少しは男として意識されたのかな？

そう考えたら、口元がニヤついてしまった。

いや……彼女は昼寝したから、夜眠れなかっただけだと言った。

どちらにしても、ニヤけている場合ではない。

リーゼロッテはいつか僕の手を離れるのだから……

というか、なんでアダルギーサは僕がスリープの魔法を使ったことやリーゼロッテが羊の数を数えているのを知っているんだ？

どこかで見ていたのか？　だとしたらかなり悪趣味だな。

「昨夜、ハルト様がすやすやと眠っていたのは、スリープ魔法をかけたからなのですね。良かった……ハルト様に女として意識されていなかったわけではなくて」

リーゼロッテは口に両手を当て、恥ずかしそうに目を伏せ、何かを呟いていた。

「えっ？　リーゼロッテ、今、何て？」

彼女の声は小さすぎて僕には届かなかった。

「いえ、何でもありません！　ハルト様、次は私にもよく眠れる魔法をかけてください」

彼女は頬を赤く染めながらそう言った。

「いいよ。次はリーゼロッテにもスリープの魔法をかけてあげる」

「はい。お願いします」

リーゼロッテのはにかむような笑顔がいつもより一層可愛らしく見えた。

心臓の鼓動がドキドキと煩いくらいに響き続けている。

もしも次があったら、僕は魔法を使っても眠れないと思う。

『『床をともにする必要はない』とか言いながら、しっかり次回を期待してるじゃない。ハルトのむっつりスケベ」

アダルギーサが同じ空間にいるのを忘れていた！

誰がむっつりスケベだ!!

「そっ、そんなわけないだろ！　リーゼロッテだって迷惑だったんだ！　アダルギーサ、昨夜のようなことは二度としないでくれ！」

「ハルトはこう言ってるけど、リーゼロッテ、あなたはどう思っているの？　ハルトと一緒に寝るのは嫌だった？　彼と同じベッドを使って眠ったことは、あなたにとって黒歴史なの？」

僕がいるところで聞くな！　リーゼロッテが困っているじゃないか！

「わっ、私は……別に……。ハルト様となら……嫌では」

リーゼロッテは顔を朱色に染め、視線を床に落としながら、唇をわずかに震わせた。スカートの裾《すそ》をぎゅっと握る姿が愛らしかった。

えっ？　何、今の反応⁇

「リーゼロッテ、今のって……」

彼女も僕のことを……？

いやいや、それは期待しすぎだ。

そんなことは、あるはずがない。

「聞こえていたんですか？　ハルト様、その、あのっ……いまの言葉に、ふっ、深い意味は……！」

「ああ、うん……わかっている」

深い意味なんてあるわけないか……

それでも今は、リーゼロッテの顔を直視できそうにない。

「あー、もうじれったい。これが四十一歳と十八歳の新婚夫婦の会話なのかしら？　年上なんだから、ハルトがもっとリードしなさいよ」

「うぐっ……！」

僕は四十一年間魔術一筋で、二十九年間屋敷に引きこもっていたんだ！

その僕に女性を口説く才能なんてあるわけがないだろ！

……冷静になれ。アダルギーサのペースに流されるな。

リーゼロッテに傷一つつけず、他国に移住させなくてはいけない。

魔女に呪われた汚れた手で、彼女に触れてはいけない。

純粋なリーゼロッテに心を寄せてはいけない。

無垢な彼女を縛り付けてはいけない。

僕は来年死ぬ……

対してリーゼロッテの人生は何十年と続いていく。

僕では彼女の人生に寄り添えない。

そんなことはわかりきっているのに……一晩添い寝しただけで、僕は何を浮かれているんだ。

◇◆◇

——同じ頃、トレネンの執務室。

リーゼロッテと婚約破棄してから三週間が経過した。

俺は毎日学校が終わるとまっすぐに帰宅して執務室に籠《こも》っている。

本当は、新しくできたカフェにデリカを誘いたかった。

だがそんな余裕はない。

僕は連日、仕事に追われていた。

「殿下、この書類の処理を急ぎでお願いします」

「殿下、昨日締め切りの書類がまだ提出されておりません」

「殿下、そのペースで書類に目を通していたのでは、本日中に仕事が終わりませんよ」

「殿下……」

「殿下……」

「殿下……」

「あーー、もう、煩い！」

どいつもこいつも口を開けば仕事、仕事、仕事……！

こっちは王太子の仕事の量が十倍に増えて困惑しているんだ！

その上、王太子妃の仕事に二人分の学園の課題まであるんだぞ！

そう簡単に終わるものか！

どの書類も難しい言い回しで書かれているから、わかりづらいし……！

適当にサインして提出すると、「中身をよく確認してから、再度ご提出ください」と言われるし。

学園で下から数えたほうが早い成績のリーゼロッテにもできたんだから、楽勝だと思っていたのに……

なんで、俺は王太子の仕事に、こんなにも苦戦しているんだ？

「殿下、学園から算術と歴史の課題が出されております。提出期限は明日ですが、終わっておられますか？」

侍従長に課題のことを指摘され、俺は切れそうになった。

「見ればわかるだろ！　俺は王太子と王太子妃の仕事で手一杯なんだ！　課題にまで手が回るか！　そのぐらい家庭教師にやらせておけ！」

課題に目を通したが、さっぱり理解できなかった。

あんな難しい課題を、俺より成績の悪いリーゼロッテに解けるわけがない。

リーゼロッテは個人で家庭教師を雇い、そいつに丸投げしていたに違いない。

王太子妃の仕事も、実は誰かにこっそり手伝ってもらっていたのではないかと推測している。

「殿下、申し訳ありませんが、それはできかねます」

侍従長が厳しい表情で言った。

「何だと！」

「家庭教師に課題をやらせて提出することは、禁止されております」

「だが、今まで俺の課題はリーゼロッテがやっていたのだぞ？　それはいいのか？」

「婚約者が代わりに課題をすることは、微妙なところとされております」

「微妙なところだと……？」

「学園には殿下は公務が忙しく、しばらく通えないと伝えておきます。デリカ様の課題はご本人にやっていただきましょう」

「すまないが、そうしてくれ……」

学園に通えないのは癪《しゃく》だが、その余裕がないのは事実だ。

公務が終わらないのだから仕方ない。

「なぁ、正直に答えろ。本当はリーゼロッテの公務を手伝い、彼女の代わりに課題をしていた人間がいるんだろ？　怒らないから、そいつを探し出して連れてこい」

王太子妃の公務を他人に手伝わせるなど言語道断だが、今はそれを言っている場合ではない。

「そのような者はおりません」

侍従長が俺の言葉を否定した。

「嘘をつくな！　成績の悪いリーゼロッテに、難しい書類の処理ができるわけないだろ！　それに、あいつに二人分の課題をこなせるはずがないんだ！　いいから早く、リーゼロッテの仕事を手伝っていたやつを連れてこい！」

俺は困っているんだ！　助けてくれてもいいだろう！

「申し訳ありません、殿下。いない者を連れてくることはできません」

侍従長は同じ言葉を繰り返すだけだった！

こいつが口を割らないなら仕方ない！

リーゼロッテを王宮に連れてきて直接聞くまでだ！

◇
◆
◇

――同刻、デリカの執務室。

トレネン様と婚約してから三週間が経過したわ。

最近は家と学校、学校と王宮の往復で全然遊べなくて嫌になってしまう。

でも今はそれどころではないの！

まずい、まずい、まずい、まずい、まずいわ！

わたしは王宮に用意された自分の部屋で頭を抱えた。

トレネン様に「王太子と王太子妃の仕事が忙しくて、とても課題までは手が回らないから、課題は自分でやってくれ」と言われてしまったわ。

リーゼロッテに課題をやらせようにも、彼女は結婚してからずっと学園に来ていない。

その上、協力者のはずのミハエル先生が、わたしの答案と成績優秀者の答案のすり替えを断ってきた。

それなら「テストの問題と答えをあらかじめ教えてください」とお願いしたら、それも断られた！

その上、彼は教師を辞めて田舎に帰ると言い出した。

わたしは「そんなことは許さない！　教師の仕事を辞めるなら、生徒に手を出したって言いふらすわよ！」と言って彼を脅した。

すると、彼はこう言い返してきた。

「それをしたら困るのはデリカ様ですよ。いいんですか？　王太子の婚約者が、ほかの男と関係を持っていたと皆に知られても？」

私は言葉を失った。まさか逆に脅されるとは考えもしなかった。

しかも腹が立つことに、あいつがわたしと付き合っていたのは、わたしとリーゼロッテが双子だったからだ。

ミハエル先生はわたしではなく、リーゼロッテに惚れていたのよ。

わたしを彼女の代用品として扱っていたの。

彼が課題を忘れたリーゼロッテをよく叱っていたのは、彼女が困っている顔を見たかったからだ。

ちなみに彼女がそうなっていたのは、わたしが彼女の課題を盗んでいたから。

彼がわたしとリーゼロッテの答案をすり替えるという不正を重ねたのは、リーゼロッテの成績が下がれば彼女の評判が落ちて、「リーゼロッテは王太子の婚約者に相応しくない」と国から判断され、王太子との婚約が破棄されると思ったからだそうよ。

彼は傷心のリーゼロッテを慰め、自分のものにする計画を立てていたの。

けれど彼の目論見は外れ、リーゼロッテはトレネン様に婚約破棄されたあと、王兄殿下に嫁いでしまった。

その上、リーゼロッテは学園を辞めてしまったのよ。

ミハエル先生に言われて、わたしは彼女が学園を辞めたことを初めて知ったわ。

退学届はわたしの両親が出したみたい。

お父様とお母様はリーゼロッテが馬鹿だと思ってるから、王太子に婚約破棄された彼女のために、これ以上お金を使いたくなかったのだと言う。

だから最近学園でリーゼロッテを見かけなかったのね。

リーゼロッテのいない学園に未練はないらしく、ミハエル先生は学園を辞めた。

この二人が学園を辞めるなんて想定外だわ！

卒業までの課題とか、卒業試験とか、卒業制作のレポートの提出とか、リーゼロッテにやらせたいことがまだまだ山ほどあったのに！

ほかの教師をたらしこもうにも、学園に残っている教師は女と年寄りだけだ。

わたしだって、誰彼構わず色仕掛けするわけじゃない。

若くて見た目の良い男にしか声をかけないわよ。

でも、どうしよう？　このままだと、わたしが馬鹿だとみんなに知られてしまうわ！

どうすればいいの？　考えるのよ、デリカ！

そうだ！　リーゼロッテは学園を辞めたのよね？　そのことを逆に利用すればいいんだわ！

あの子をわたしの替え玉として学園に通わせればいいのよ！

わたしったらさえてる！

わたしとリーゼロッテは双子、入れ替わっても誰も気づかないわ！

卒業するまであの子にはわたしの代わりに授業を受けてもらうわ。

ついでにテストも代わりに受けさせて、課題もやらせましょう。

王太子妃教育の替え玉もさせようかしら？

そうすればリーゼロッテが王太子妃教育を受けている間、わたしは遊んでいられるわね！

最高のアイデアだわ！　わたしったら天才！

そうと決めたらさっそく行動しなくちゃ！

まずはトレネン様にお願いしなくては！

「王太子妃教育が忙しくて学園に通う余裕がないのです！　私の代わりにリーゼロッテを学園に通わせてください！　わたしが学園を卒業するまで、リーゼロッテを実家に戻していただけるよう、王兄殿下にお願いしてください！」

わたしが瞳に涙を浮かべて上目遣いでお願いすれば、トレネン様は望みを叶えてくださるはず！

◇◆◇

——再び、トレネン。

侍従長に課題は自分でやれと言われた日の夜、俺は父上の執務室を訪ねた。

「父上、少しよろしいですか？」

「どうした、トレネン？」

俺が部屋に入ると、父は机から頭を上げた。

父上は彫りが深く、整った顔立ちだ。

瑠璃色《るりいろ》の鋭い目をして波打つような金色の髪を肩まで伸ばしている。

茶色とオレンジを基調とした軍服もよく似合っていた。

最近は顎《あご》に髭《ひげ》をたくわえていて、なんとも言えない渋さが醸《かも》し出されている。

父上の若い頃を描いた肖像画は、役者顔負けの美男子として描写されている。

今は歳を重ねたせいで顔に皺《しわ》が増え、髪には白髪が目立ち、量も少し薄くなってきたが、年齢を重ねて色気が増したと思う。

俺は髪色も顔も母親似なので、歳をとっても父上のようになることはないのが残念だ。

「リーゼロッテのことでお願いがあって参りました」

「お前が婚約破棄した女に、何か用でもあるのか？」

彼女の名前を出すと、父が訝《いぶか》しげな顔をした。

俺も彼女と婚約破棄した時は、あいつに用ができるとは思わなかった。

「単刀直入に言います。リーゼロッテを伯父上のところから呼び戻すことはできませんか？」

「なぜだ？」

「デリカは王太子妃教育が忙しく、学園に通う余裕がないのです。ですが、未来の王太子妃が留年したのでは格好がつきません。なのでリーゼロッテを、デリカの替え玉として学園に通わせたいのです」

あの愚かな女《リーゼロッテ》でも学園に通い、デリカの席に座っているぐらいはできるだろう。

課題はデリカにやらせ、テストの時だけ彼女を学園に行かせればいい。

リーゼロッテが俺の婚約者だった時、課題を代行し、王太子妃の仕事を手伝っていた者がいるはずだ。

おそらく彼女が個人的に雇った家庭教師だろう。

リーゼロッテからその家庭教師の名前を聞き出し、そいつに王太子妃の仕事をさせるのが俺の真の目的だ。

「トレネンよ、一つ確認したいことがあるのだが」

「なんですか、父上？」

「リーゼロッテは身持ちが悪く、学園の生徒や庭師など、若い男と見れば見境なく関係を持つ、ふしだらな女だと言っていたな？」

「はい、父上。リーゼロッテの素行の悪さは僕が保証します」

なぜあんな女が清純なデリカの姉なのだろう？

リーゼロッテとデリカは双子だが、二人は顔以外は全く似ていない。

父上は難しい顔をして、何かを考えているようだった。

「リーゼロッテとウィルバートが結婚して三週間……。男好きのふしだらな娘が、何日も我慢できるはずがない」

父上は小声でぶつぶつと呟く。

「身持ちの悪い女ならウィルバートの寝室に忍び込み、無理やりにでも奴と関係を持ったはず。初夜さえ済めば奴にかけられた呪いは解けるはず。余が魔女にゴブリンになる呪いをかけられる心配は消えてなくなったわけだ！」

父上がクックツと腹を抱えて笑っている。

先程から父上は何を言っているのだろう？

「いいだろう。リーゼロッテを王城に寄こすようにウィルバートに頼んでやる。いや、王命を下す。それなら奴も断れないだろう」

父上は目を細め、口角を上げた。

「ありがとうございます！　父上！」

いくら伯父上でも、王命には逆らえないだろう。

ゴミみたいな女《リーゼロッテ》にも使い道があることに気づいた俺様が、奴を田舎の屋敷から連れ出してやるんだ。

無礼で可愛げのないリーゼロッテでも、さすがに俺の温情に感謝するだろう。

◇
◆
◇

——国王、ワルモンドの執務室にて。

ワルモンドは幼い頃からウィルバートが嫌いだった。

自分よりほんの少し早く生まれ、第一王子というだけで何の努力もせず、全てを手にしたと考えたからである。

両親の愛情も、王太子の地位も、学年主席の座さえも、ウィルバートが何一つ苦労せず得たように彼には見えた。

対してワルモンドに与えられたのは、残りカスばかり。

パラパラと本をめくっただけで本の内容を理解し、古文書や魔導書の翻訳ミスを指摘し、効率の良い魔法陣を作り出すウィルバートを周囲は天才と持て囃《はや》した。

ワルモンドもそれなりに優秀だった。

ウィルバートの双子の弟に生まれたせいで、彼は見劣りしたのだ。

その憂さ晴らしに、ワルモンドはウィルバートの名を騙って女遊びをした。

兄の評判を地の底まで落とすために。

しかし、ウィルバートが女遊びをしているという噂が流れても、誰も彼を咎《とが》めなかった。

「王太子は傑出《けっしゅつ》した才をお持ちだ。多少の破天荒な振る舞いは仕方ない」

「ウィルバート様の天才的な頭脳を、そんな些事《さじ》で失うわけにはいかない」

重臣や研究者は口を揃《そろ》えてそう言い、ウィルバートの悪い噂をもみ消そうとした。

そんな時、ワルモンドが偶然知り合った女が、町娘に化けた魔女、アダルギーサだった。

彼女との出会いは彼にとって僥倖《ぎょうこう》となった。

魔女はワルモンドが偽りで名乗ったウィルバートという名と金髪碧眼の美少年という、ただ二つの手がかりで、本物のウィルバートの居場所を突き止めた。

アダルギーサが双子の兄と弟を間違え、本物のウィルバートに呪いをかけた。

ワルモンドは事件を知った時、笑いが止まらなかった。

「馬鹿な魔女のお陰で、やっと余にも運が向いてきた」

彼はそう思ったのだ。

兄弟の父でもあった先王は、城内で起きた不祥事を放置できなかった。

ウィルバートは廃太子され、北の森にある屋敷に幽閉された。

ワルモンドは兄が北の屋敷に幽閉されたあと、兄の部屋を漁った。

金貨でも隠していないかと、部屋の中を物色したのだ。

その際に兄の部屋から古文書の誤字をまとめた本と新しい魔法陣を記した本、魔法文字が刻まれた魔石を見つけた。

それら全ての研究成果を、ワルモンドは自分の名前で発表した。

そして今までウィルバートが発表した成果は、自分から盗んだのだと噂を流したのである。

ワルモンドは天才として人々から褒め称えられ、ウィルバートは他人の研究成果を盗んで発表していた卑劣な男として世間に認識されていった。

ウィルバートを支持していた重臣や学者は、ワルモンドが送り込んだ女性達によってハニートラップを仕掛けられ、城から追い出された。

その後、ワルモンドは高貴な血を引く美しい女性と結婚し、子宝に恵まれた。

トレネンと名付けられた第一王子はすくすくと成長した。

ワルモンドは、顔も頭も性格も良く、民にも慕われる国王となった。

全てが順調だった。

一カ月前、魔女が二十九年振りに、彼の前に現れるまでは。

アダルギーサは彼が呪いを解けず、死後地獄に落ちる恐怖に震えて苦悶《くもん》する姿を嘲笑《あざわら》うために戻ってきた。

彼女はワルモンドの姿を見て、兄弟を取り違えて呪いをかけたことにようやく気づいた。

そして彼女は真実を知り、ワルモンドにウィルバートの『真実の愛』の相手を探さなければ、彼を醜《みにく》い姿に変えると告げた。

ワルモンドは恐怖するとともに、激怒した。

だが彼は保身のため、兄が適当な女と婚姻《こんいん》を結び、初夜の契りを交わせば魔女のかけた呪いが解けると推測し、一カ月かけて兄の相手に相応しい女を探した。

そこで白羽の矢が立ったのが、シムソン公爵家の長女リーゼロッテだった。

リーゼロッテは息子トレネンの婚約者だったが、彼女には悪い噂しかなかった。

そこでワルモンドはトレネンとリーゼロッテの婚約を破棄させ、王の権限を使ってウィルバートと婚姻《こんいん》を結ばせたのだ。

その三週間後、息子のトレネンがワルモンドにデリカの王太子妃の教育がうまく進まず、リーゼロッテを替え玉にするように頼んだ。

リーゼロッテのような、若く美しい娘をウィルバートの元にずっと置いておくのは惜しいと思ったワルモンドは彼女を自分の小間使いとしようと企んだ。

「自分がウィルバートに与えた女を取り上げるのも面白い」

ワルモンドは、リーゼロッテを妾にしようとしたのである。

――それがウィルバートの逆鱗《げきりん》に触れることも知らずに……

第五章　旅立ちの時

僕がリーゼロッテと添い寝してから、また一週間が経過した。

「シャイン君、塩を取ってくれないか？」

朝食の席で僕がそう声をかけると、「ハルト様、お塩なら私が……」とリーゼロッテが静かに立ち上がり塩を取ってくれた。

彼女から塩を受け取る時、彼女の指先と僕の指先が重なり、心臓がドキリと音を立てた。

彼女の手はすべすべしていて、温かかった。僕はとっさに手を引っ込めた。

「すみません。ハルト様の手に触れてしまって」

リーゼロッテはかすかな声で囁《ささや》いた。彼女の頬はほんのりと色づいていた。

「いや、僕のほうこそ……」

彼女のそんな反応が可愛らしくて、僕まで照れくさくなってしまう。

あれからお互いを意識してしまい、彼女とうまく会話ができていない。

「まったく、この二人はいつまで初々しいのよ」

「よろしいではありませんか、それがハルト様の良いところです」

そんな僕達をシャイン君とアダルギーサは、生温かい目で見守っている。

朝食の後、僕達はいつものようにリビングに移動し、コーヒーを飲むことにした。

僕がソファーに腰を下ろすと、リーゼロッテがテーブルを挟んで向かい側の席に座った。

魔女は一人用の椅子に優雅に腰掛けている。

シャイン君がカップにコーヒーを注ぐと、爽やかで甘酸っぱい香りが部屋の中いっぱいに漂う。

僕がコーヒーに口を付けようとした時、玄関のベルが鳴った。

「こんな辺鄙《へんぴ》なところにもお客が来るのね」

アダルギーサがそう言って眉を顰《ひそ》めた。

この屋敷を訪ねてくる人間は限られている。

おそらく今玄関にいるのはワルモンドの使者だろう。

「わたくしが出ます」

そう言ったシャイン君は、いつになく鋭い目つきをしていた。

僕もきっと眉間に皺《しわ》が寄っていただろう。

嫌な予感がする。

「シャインさん、怖い顔していましたけど、何かあったのでしょうか？」

リーゼロッテが不安そうに僕に問いかけてきた。

――シャイン君はいつも笑顔を絶やさない。

彼女はそんなシャイン君が鋭い目つきをするのを初めて見たのだろう。

そのことが彼女を不安にさせてしまったようだ。

申し訳なく思いながらも、僕は言った。

「ここを訪ねてくる人間は限られている。おそらく、今玄関にいるのは王家からの使者だろう」

「えっ？」

僕がそう説明すると、リーゼロッテの顔が強張《こわば》った。

彼女も、王家にはいい思い出がないのだから当然か。

しばらくしてシャイン君が戻ってきた。

その表情は先程よりも険しい。

彼の手には上質な紙で作られた封筒があった。

「先程訪れたのは、国王、ワルモンド陛下の使いの者です。……ハルト様にこの手紙をお渡しするように言付かりました」

シャイン君は僕に手紙をすっと渡した。

手紙の宛名は僕になっている。

裏を見ると、見覚えのある蝋印《ろういん》が押されていた。

「国王の蝋印《ろういん》か……」

あまり良いことが書かれていないことは、想像に難くない。

だが後回しにするのも面倒だ。

気乗りはしないが、今読んだほうがいいだろう。

「ハルト様、これを」

「ありがとう」

僕はシャイン君が差し出したペーパーナイフを受け取り、手紙を開封する。

僕は手紙の内容に目を通し……気がつけば握りつぶしていた。

ぐしゃりと音を立て、僕の手の中にあった上質で厚手の紙が歪んだ。

ワルモンドは、余程僕を怒らせるのが好きなようだ。

「ハルト様、手紙にはなんと書かれていたのですか？」

リーゼロッテが不安そうな顔のまま、僕に尋ねる。

「ハルト、リーゼロッテはあなたの身を心配しているのよ。自分で気づいていないでしょうけど、あなたは今にも人を殺しそうなほど険しい顔よ」

アダルギーサに静かに指摘されて初めて、僕は自分が今、眉根を寄せて口元を固く結び、口角が下がっていると気づいた。

多分、僕はとても鋭い目つきをしているだろう。

「あなたでもそんな顔するのね。手紙には何て書いてあるの？　あなたが声に出して読めないなら、アタシが呼んであげるわ」

アダルギーサが僕の手から手紙を奪い取った。

皺《しわ》の寄った紙を伸ばしながら、彼女は読み上げていく。

『拝啓　親愛なるウィルバート・エックハルト・クルーゲ殿。兄上、ご無沙汰しております。この度はご結婚おめでとうございます。新妻を迎えての暮らしはいかがです？　初夜はつつがなくお済みになられましたか？　いくら女気のない兄上でも、若い娘と婚姻《こんいん》を結んだのですから、当然床をともにされましたよね？　兄上には若く美しい花嫁の体で三週間、たっぷりとお楽しみいただいたことと存じます。ですから、そろそろリーゼロッテを返していただきたい。あれはいろいろと使い道のある娘です』

そこまで読んで、アダルギーサは盛大に眉を顰《ひそ》めた。

「一体どういうつもりなの？　あいつ、頭がおかしくなったのかしら？」

リーゼロッテもシャイン君も言葉を発しない。

アダルギーサの手紙の続きを読む声だけが部屋に響く。

『リーゼロッテの妹、デリカの王太子妃教育が難航しております。彼女は学園の勉強と王太子妃教育を両立するのが難しいようです。息子トレネンが、デリカの王太子妃教育が終わるまでの間、リーゼロッテにはデリカの代わりに学園に通ってほしいと泣きついてきました。余は親として息子の願いを叶えてやりたい。彼女には学園に通うだけでなく、余の仕事の手伝いをしてほしいと思っています。単刀直入に言います。リーゼロッテを余の専用の小間使いとしたい。リーゼロッテも辺《へん》鄙《ぴ》な北の森で暮らすより、余の小間使いとして城で過ごしたほうが幸せでしょう』

なんて失礼な奴なんだ。

ワルモンドの言うことは一方的すぎる。

『リーゼロッテが身一つで来てもいいように、彼女が暮らす準備はすでに整っております。明日、兄上の屋敷に馬車を送ります。馬車にリーゼロッテを一人で乗せてください。なお、これは王命なので拒否権はないものと心得てください。

ワルモンド・クルーゲ』

アダルギーサは手紙を読み終えると、鋭い目つきで手紙を睨んだ。

「ふざけた内容だわ！　女好きなワルモンドがリーゼロッテをただの小間使いとして扱うわけないじゃない！」

アダルギーサは手にしていた手紙を、もう一度握りつぶした。

黙って手紙の内容を聞いていたシャイン君からは、黒いオーラが漏れ出している。

その時、リーゼロッテがぐっと息を呑む音が聞こえた。

彼女の肩は小刻みに震え、顔色は蒼白になり、唇は紫色をしていた。

「リーゼロッテ、大丈夫？」

僕は彼女が心配になった。

こんなに怯《おび》えている彼女を初めて見た。

「ハルト様……、へ、平気です……。私は、ちっとも動揺していませんから」

僕は立ち上がり、リーゼロッテの座っているソファーへ向かった。

近くで見ると、彼女の目には涙が浮かんでいた。

「リーゼロッテ、無理しないで。気分が悪くて横になりたいなら、そう言って。僕はいつでも君の味方だから」

ポケットからハンカチを取り出し、彼女の涙をそっと拭う。

「君のことは僕が全力で守るよ。だから、何の心配もいらないよ」

僕はそう言って彼女が少しでも落ち着くように微笑みかけた。

「ハルト様……!」

リーゼロッテの頬の色が、いつもの明るい桃色に戻っていく。

「はい。私、ハルト様を信じています」

いつの間にか、リーゼロッテの肩の震えが止まっていた。

彼女が泣きやんでくれて良かった。

「お二人さん。お取り込み中、申し訳ないんだけど、この手紙どうするの?」

僕はアダルギーサの声で我に返った。

「ずいぶんとふざけた内容の手紙を送ってきたけど、もしかして、いつものように寛大な心で王家の傲慢《ごうまん》な要求を許容するつもり?」

僕はアダルギーサに寛大だと思われていたんだ。

面倒くさくて放置していただけなんだけどな。

「まさか、それはないよ」

僕はリーゼロッテから離れ、彼女に背を向けた。

僕のことはいくら虚仮《こけ》にされても構わない。

だけどリーゼロッテのこととなると話は別だ。

彼女を傷つける奴は、誰であろうと容赦しない！

なぜ今までこんな奴らを助けてきたのだろう。

腹の底から怒りがボコボコと湧き上がってくるのを感じた。

今きっと僕はとても怖い顔をしている。

こんな顔を彼女には見せられない。

僕は、何度か深呼吸して気持ちを落ちつかせた。

なるべく穏やかな表情を作ってから振り返った。

「リーゼロッテ、心配しないで。君を王の小間使いなんかにさせないから！」

僕は彼女の目を見てはっきりと伝えた。

「ハルト様……！」

リーゼロッテの頬が紅色に染まっていく。

「ハルト様、ありがとうございます。私、あなたの傍《そば》を離れるつもりはありません」

彼女がにこりと微笑んだ。

こんなにも可憐な彼女の心を、土足で踏みにじった奴らを、僕は許せそうにない。

僕はシャイン君とアダルギーサに目を向けた。

「シャイン君、アダルギーサ。今やっと二人の気持ちがわかったよ。大事な人が虚仮《こけ》にされるのって、こんなにも腹立たしいものなんだね」

今、僕の心はワルモンドの体を三つに引き裂《さ》いて、魔物の餌《えさ》にしてやりたいくらい荒ぶっている。

リーゼロッテがひどい扱いを受けるのが耐えられない。

今なら二人の気持ちがよくわかる。

僕が王家から蔑ろにされる度に、彼らはこんな気持ちになっていたのだと。

シャイン君とアダルギーサは一瞬戸惑ったような顔をしたが、すぐに目を細めた。

「ようやく理解したわけ？　遅いわよ、ハルト」

「わたくしの王族に対する怒りは、ハルト様が今感じている千倍はありますよ」

そう言った二人の目には、強い殺気が籠《こも》っていた。

その表情から彼らが我慢できないくらい腹を立てていると伝わってきた。

「アダルギーサ。ワルモンドからの手紙を僕に返してくれないかな」

「いいわよ」

僕はアダルギーサから手紙を受け取り、ファイアの魔法でそのまま燃やした。

数秒で手紙は灰になった。

「これで王命は塵《ちり》と化した」

僕がニヤリと笑うと、シャイン君とアダルギーサが声を上げて笑った。

「やるじゃない、ハルト！」

「ハルト様、手紙だけでなく国王も灰にしてやりましょう！」

そう言ったシャイン君の目は、人間のものではなかった。

素が出ているよ、シャイン君。

彼はワルモンドに相当怒りを感じているようだ。

「それもいいかもね」

といっても、ワルモンドを殺しに行くわけじゃないけど。

僕は振り返りリーゼロッテの目を見つめた。彼女の不安を和らげるように、優しく微笑みかけた。

「リーゼロッテ、よく聞いてほしい。王命を無視する以上、君はこの国にはいられない。君が新しい土地で安心して暮らせるように、君の移住先を探したいんだ。僕もこれ以上、この国のために働く気はないしね。行き先は海の国、砂漠の国、雪の国の三つを予定している。僕はこれから旅に出る。君にもついてきてほしいんだ」

僕が手を差し出すと、リーゼロッテは僕の手をぎゅっと握ってくれた。

「はい。私、ハルト様の行くところならどこへでもお供します」

彼女はそう言ってはにかんだ。

「良かった」

彼女の返事を聞いた瞬間、僕は自然と口角が上がっていた。

彼女に断られたらどうしようかと、内心ヒヤヒヤしていた。

本当は旅に出る理由はそれだけじゃないんだけど、今はまだリーゼロッテには伝えられない。

その時が来たら彼女に話そう。

「シャイン君、旅に出る準備をするのに、どれくらい時間がかかる？」

「二、三時間ほどお時間を頂ければ、完璧に荷造りを終えてみせます」

シャイン君はそう言って、アイテムボックスにポイポイと屋敷にあるものを詰めていく。

「この家にあるものは全て持っていく予定です。わたくし達が旅立ったあと、王族に屋敷を漁られるのは癪《しゃく》ですから。この家にあるものは、埃《ほこり》一つ王家に渡す気はありません」

彼は瞳に静かな怒りを宿し、涼やかに微笑んだ。

頼もしい限りだ。

荷造りはシャイン君に任せて大丈夫そうだね。

「ですが、庭にできた小鳥の巣や近くの森に住む動物達のことが気がかりです」

この屋敷の庭や屋敷の周りにある森には、希少な生物が数多く生息している。

「今まではシャイン君が保護してきたけど、君が僕と一緒に旅に出たら、動物達を守る者がいなくなってしまうね……」

彼らが傷つけられるのは僕も嫌だ。

「はい。ですので、わたくしの友人数名に連絡し、この屋敷と森に暮らす動物達を守ってもらいます」

彼の瞳の奥がキラリと光った。

「そう、シャイン君のお友達なら安心だね」

彼のお友達が誰だかは知らない。

だけど、人間のお友達じゃないことは確かだ。

「アタシもついていくわよ！　面白そうだもの！　それに、リーゼロッテのお世話をする美少女メイドが必要でしょう？」

アダルギーサが魔女の姿から、黒い髪を三つ編みのお下げにしたメイド服の少女に変化した。

彼女はその格好が気に入っているようだ。

「ところでハルト、黙ってこの国から旅立つわけじゃないわよね？　当然、奴らへ報復をしていくんでしょう？」

「このまま旅立ったのでは、わたくし、鬱屈《うっくつ》して夜も眠れません」

アダルギーサとシャイン君が、何か言いたげな表情で僕を見ている。

「まさか、リーゼロッテをここまで虚仮《こけ》にされたんだ。王宮に乗り込んでワルモンドに文句の一つも言ってやらないと、僕の気が収まらないよ」

今度という今度は、僕も我慢の限界だ。

今まで何を言われてもずっと耐えてきた。

ワルモンドに功績を奪われても、王家全体で見ればプラスになると自分を納得させた。

僕は何をされても構わない。

だが、リーゼロッテを粗雑に扱うことだけは許せない！

「そうこなくちゃね！　城の奴らを半殺しにしていいのよね？　腕がなるわ！」

「わたくしはハルト様とリーゼロッテ様の尊厳を踏みにじった者達を、火炎の息で燃やし尽くしたい気分です」

アダルギーサとシャイン君の目がすわっている。

二人共、にっこり笑いながら恐ろしいことを言うね。

「あのね、二人共。僕は文句を言いに行くだけだからね。城を破壊しに行くわけでも、戦争をしに行くわけでもないからね？」

僕の言葉はアダルギーサとシャイン君に届かなかった。

二人は、どうやって城の人間に報復するかをニコニコしながら話し合っていた。

あの二人を連れていって大丈夫かな？

まぁ、戦力にはなるから、いっか。

それよりも気がかりなのはリーゼロッテだ。

「僕は旅に出る前に城に寄るつもりだ。君はどうする？　ワルモンドやトレネンや君の妹に会いたくないなら、ここで待っていてもいいんだよ？」

僕はなるべく穏やかな表情を作り、彼女を怖がらせないように優しく声をかけた。

リーゼロッテは、城に良い思い出がないだろう。

僕らがワルモンド達に報復してくる間、彼女には屋敷で待っていてほしい。

「ハルト様、私も一緒に連れていってください！　私だって、国王陛下や王太子殿下やデリカに、伝えたいことがいっぱいあるんです！」

そうはっきりと告げた彼女の目には、強い意志が宿っていた。

ああそうか……この子は僕が思うほど弱くないんだな。

「わかった、一緒に行こう。胸の奥にしまってきた気持ちを全部ぶちまけてくるといい。スッキリとした気分で旅に出よう」

「はい、ハルト様」

リーゼロッテは毅然《きぜん》とした態度でそう言った。

ワルモンド、首を洗って待っていろ！

リーゼロッテの心を傷つけた代償《だいしょう》を払ってもらうよ！

「さてと、それじゃあ手始めに、魔石に魔力を流すのをやめようかな」

僕は宙に魔法陣を浮かべ、今まで使用していた術式を解除する。

これで魔石に僕の魔力は流れることはない。

魔石は魔力を失い、ただの石ころ同然になった。

もちろん僕以外の魔導士が魔石に魔力を流せば、稼働する。

ただ並の魔導士では、魔石を稼動させるのも一苦労だろう。

一つの魔石を動かすのに最低百人の魔導士が必要かな。

そんなことをするなら、井戸から水を汲み、薪を集めて火を熾したほうが早い。

しかも魔除けの魔法文字を刻んだ魔石に魔力を送るのもやめたから、国を覆っていた結界がなくなったはずだ。

結界がなくなれば、国内にモンスターが次々に入ってくるだろう。

これからは人の手で魔物退治を行わなければならない。

今まで通りに魔石に魔力を込め、結界を作動させたいなら、数万人、少なくとも五、六万人以上の魔導士を雇う必要がある。

数万人規模で魔導士を雇って魔石を動かし、結界を張り直すくらいなら、傭兵《ようへい》や冒険者を集め、魔物退治をさせたほうが遥かに効率的だ。

これからクルーゲ王国は、冒険者や傭兵を大勢雇うことになるだろう。

傭兵や冒険者に支払うお金が、国庫に残っていればいいけど。

どちらにしても、この国を出る僕には関係のないことだ。

魔石に魔力を流すのをやめた瞬間、僕は体が軽くなったのを感じた。

国中の魔石に魔力を流し続ける行為は、自分で思っていたより、体に負荷がかかっていたらしい。

「シャイン君、魔導具に溜めておいた五十年分の魔力だけど……」

「もちろん持っていきますよ。これ以上、この国の者にハルト様の魔力が使われるのは耐えられませんから」

僕が何も言わなくても、シャイン君は僕の言いたいことをわかっていた。

「ああ、頼むよ」

「お任せください」

シャイン君は、僕が五十年分の魔力を溜めた魔導具をアイテムボックスに詰め込んだ。

「さぁ、敵陣に乗り込むわよ！　みんな戦闘準備はいい⁉」

一番張り切っているのはアダルギーサだった。

「あのね、アダルギーサ、僕達は戦争に行くわけじゃ……」

「ちょっと、リーゼロッテとハルトのその格好はなに⁉　締まらないわね」

アダルギーサが僕とリーゼロッテをジロジロと見る。

「何っていつもの服だけど……」

僕は白のジャケットと白のシャツ、白のハーフパンツを纏《まと》い、襟元《えり》に緑色と白のストライプのリボンを結び、白の靴下と茶色い靴を履いている。

リーゼロッテは白のブラウスを着て、襟元《えり》にブルーのリボンを結び、青い膝丈のスカートを纏《まと》っている。

「そんな格好じゃ敵に舐められちゃうわ！　任せなさい！　アタシが二人にぴったりな服をコーディネートしてあげる！」

アダルギーサがパチンと指を鳴らした。

すると、僕の服は黒を基調とした服に変わった。

「ついでに大きな鏡を出すわね！　自分の姿を確認してみて！」

鏡に映った僕は、漆黒のジャケットに黒のシャツ、黒のアスコットタイ、黒のベスト、黒の七分丈のズボンを纏《まと》っていた。

それから、棘のたくさんついた漆黒のブーツを履いていて、腕にドクロのマークのついたシルバーのアクセサリーが着けられていた。

おまけに腰には豪華な鍔《つば》のついた細身の短剣が装備されていた。

こういう格好は僕の趣味じゃないんだけどな……

なんだか、別人になった気分だ。

「どう？　気合い入ったでしょう！　こういう時は形から入らないとね！」

城を襲撃する魔王になった気分だ。

まぁいいか、たまにはこういう格好も。

リーゼロッテを見ると、彼女の服はフリルやレースがいっぱいついたまっ赤なドレスに変わっていた。

大きなダイヤモンドがついたネックレスとイヤリングが、ドレスに彩りを添えている。

リーゼロッテはそういう格好も似合うんだ。

見慣れない彼女の装いに、僕の胸がドキッと音を立てた。

「魔女様、このドレスちょっと派手ではありませんか？」

リーゼロッテは鏡に映った自身の姿を見て、頬を赤く染めた。

「似合ってるわよ、リーゼロッテ。あなたにはそういうはっきりした色が似合うんだから、自信を持ちなさい」

「はい」

「ほら、ハルトからも、なんとか言ってやりなさいよ」

「えっ……？」

急に振らないでくれ！

「あっ、うん……似合っ……てる。その……か、可愛い……よ。ドッ、ドレスじゃなくて……、君が！」

リーゼロッテの顔は直視できなかったが、なんとか彼女に「可愛い」と伝えることができた。

「相変わらずハルトはヘタレね。『可愛い』ぐらい、リーゼロッテの目を見て言えないの？」

「魔女様、私はハルト様に……『可愛い』……と言っていただけただけでも、充分幸せです」

リーゼロッテは瞳をうるうるさせ、指を胸の前でもじもじと動かしていた。

彼女の顔は耳まで赤く染まり、目を下に向けてた。

もしかして、彼女は僕に「可愛い」と言われて照れているのかな？

そんな初心《うぶ》な彼女を見ていたら、僕の心臓がまたドキドキと音を立てる。

「ハルト様の装いも、す……素敵です」

「あ、ありがとう」

リーゼロッテに「素敵」だと言われ、僕の心臓がさらに煩いくらい鳴った。

彼女はダークな雰囲気の服装が好きなのかな？

これからは、普段着に黒を基調にした服装も取り入れてみようかな？

今から城に乗り込むのに、浮かれている場合では……

「いつまでやってるの？　さっさと城に乗り込まないと日が暮れちゃうわよ！」

「わたくしは、ハルト様の初々しいお姿を鑑賞しているだけでも楽しいです」

アダルギーサにジト目で睨まれ、シャイン君に生温かい目で見られた。

僕は女性の服装を褒めたり、女性に服装を褒められたりするのには慣れてないんだよ！


着替えが済み、シャイン君が旅の準備を終えたので、僕達は外に出て彼の友達を出迎えることにした。

僕達が庭に出ると、五匹の竜が舞い降りてくる。

「あの……シャインさんのお友達って……？」

リーゼロッテが僕の後ろに隠れ、震えた声でシャイン君に尋ねた。

「ご紹介します。ワイバーンのバーンくん、バハムートのムートくん、リヴァイアサンのサンくん、ウロボロスのロスくん、ケツァルコアトルのトルくんです」

シャイン君はにこやかに笑いながら、友達の紹介をした。

「皆さん、リーゼロッテ様にご挨拶したいそうです」

「えっ？　私にですか？」

リーゼロッテの体はぷるぷると小さく震えていた。

「大丈夫。彼らはシャイン君の友達だ。悪い子達じゃないよ」

僕はそう言って彼女を安心させた。

「はい。ハルト様……」

僕の後ろに隠れていたリーゼロッテが、一歩前に出てカーテシーをした。

「は、はじめまして……。リーゼロッテ・シムソ……いえ、リーゼロッテ・クルーゲと申します。い、以後お見知りおきを……」

彼女は僕が思っているより、度胸がある。

ドラゴン五体にちゃんと挨拶できるのだから。

それよりも、僕は彼女が「リーゼロッテ・クルーゲ」と名乗ったことに動揺していた。

そっか……彼女はリーゼロッテ・シムソンじゃないんだ。

僕と結婚したから、リーゼロッテ・クルーゲなんだ。

彼女がこの屋敷に来た日、自分のことを「リーゼロッテ・シムソン」と名乗っていた。

あの頃の彼女は、まだ僕と結婚したことが受け入れられなかったのだろう。

だから彼女は「シムソン」の姓を捨てられなかった。

だけど、今日彼女は「クルーゲ」の姓を名乗った。

ということは、今のリーゼロッテは、僕との結婚を受け入れているということ……？

いや、深く考えるのはやめておこう。

【ぐぉぉ‼】

竜達が小さく咆哮《ほうこう》を上げた。

屋敷の窓ガラスがビリビリと音を立てて震える。

「皆さん、リーゼロッテ様のことを『上品な顔立ちの麗しいお嬢さんだ』と申しております。ですが、リーゼロッテ様は『お嬢さん』ではなく、ハルト様と結婚しているので『奥様』です。皆にはそう説明しておきますね」

彼女はシャイン君の友達にも大人気らしい。

「奥様」という言葉に、リーゼロッテが顔を赤く染める。

そういう反応をされると、こっちまで照れくさくなるからやめてほしい。

「リーゼロッテ様はハルト様のものですから、ちょっかいを出さないように釘をさしておきます。ハルト様に仇をなすものは、友達でも許せませんからね」

彼はそう言ってすっと目を細めた。その瞳には冷徹な光が宿っていた。

シャイン君の背中から黒いオーラが出ているように見えるのは、気のせいだろうか？

彼は、僕に仇なす存在は、たとえそれが友達でも容赦しないんだろうな。

「それからわたくし達が留守の間、この家と森を守ってもらえるようにお願いします」

シャイン君はドラゴン達に説明を始めた。

「ハルト様、シャインさんはどうしてドラゴンさん達とお友達なんですか？　彼らの言葉も理解しているようですし、何か事情があるのでしょうか？」

リーゼロッテが小声で尋ねてきた。

「君には言ってなかったね。それはシャイン君が……」

「ハルト様、お待たせいたしました。何があってもこの屋敷と北の森を守ると、彼らが約束してくれました」

どうやらシャイン君と彼の友達の間で契約が成立したらしい。

リーゼロッテにシャイン君の正体を説明するタイミングを逃してしまった。

まあいいか。彼の正体はすぐにわかる。

それに、口で説明するより実際に目にしたほうが早い。

「ありがとう。この家の当主として、君達には心から感謝する」

僕はシャイン君のお友達に向かって深く頭を下げた。

「シャイン君も、お友達を連れてきてくれてありがとう」

そして彼にも笑顔でお礼を伝えた。

「ハルト様のそのお言葉だけで、百年は無償で奉仕できます」

彼はとても嬉しそうに微笑んだ。

シャイン君とは幼い時に戦って、僕が勝利して以来の付き合いだけど、ずいぶんとなつかれたものだな。

「屋敷や森の動物を守ってくれる護衛も見つかったし、そろそろ出発しようか」

もう、ここに留まる理由もない。

「ハルト様、お城までは馬車で行くんですか？」

「それもいいけど、馬車で移動すると三時間はかかるからね」

この国にいる必要もないし、さっさと用件を済ませて旅に出たい。

「だから、城までは飛んでいこうと思っている。僕には空を飛べる友達がいるからね」

僕がシャイン君に目で合図を送ると、彼は大きく頷いた。

「皆様、わたくしの背にお乗りください」

「えっ？　シャインさんの背中に乗っていくんですか？」

リーゼロッテは、不思議そうに彼の背中を眺める。

「そうだよ。シャイン君なら三人ぐらい余裕で乗れるからね。なんたって彼は……」

背中を向けたシャイン君の体がどんどん大きくなっていく。

彼の肌が漆黒に変色し、皮膚は鱗《うろこ》へと変わっていく。

「ドラゴンの中では最強だからね」

でも、人や魔女を含めたら彼の強さは三番目かな。

一分後、シャイン君の体は漆黒の体と羽を持つ、体長三十メートル、しっぽの長さ二十メートル、全長五十メートル程の竜に変わっていた。

「はわわわわっ！　シャインさんが黒い竜に……！」

竜の姿になったシャイン君を見て、リーゼロッテがパニックを起こしている。

「彼は、五本の爪を持つ最高ランクのドラゴンなんだよ。竜のランクは爪の多さで決まる。シャイン君は最上位の五本の爪を持っているんだ。だから彼はたくさんの竜を従えることができるんだよ。

本人は手下ではなく、友達だって言っているけどね」

僕の説明を、リーゼロッテは呆然としながら聞いていた。

【さあ、皆様わたくしの背中へ】

シャイン君は、人型の時とは違う、低い声で話した。

「シャインさんは、竜の姿になっても人間の言葉を話せるのですね」

リーゼロッテが不思議そうに僕に尋ねた。

「シャイン君は高レベルのドラゴンだからね。竜の姿になっても人間と会話ができるんだよ」

この屋敷の炊事も、庭仕事も、買い物も、掃除も、ベッドメイキングも、シャイン君が一人でこなせたのは、彼がドラゴンだからだ。

彼はものすごい速さで動くことができる。

「ちょっと、レディをドラゴンの背中に直に座らせる気？　座席とシートベルトぐらいつけなさいよ」

アダルギーサが指を鳴らすと、シャイン君の背中に座席が取り付けられた。

前方に二人掛けの座席シートが一つ、後方に一人掛けの座席シートが一つ。

「これなら乗り心地も良さそうね」

アダルギーサが満足そうな笑みを浮かべ、後方の一人掛けの座席シートに座った。

ということは、僕とリーゼロッテが二人掛けの座席シートを使うのか。

移動中の彼女との距離の近さを想像すると、また胸がドキドキと音を立てた。

「君は空の旅は初めてだよね？　怖くない？」

僕は隣にいるリーゼロッテに声をかけた。

「ハルト様と一緒なら平気です」

彼女の瞳には揺るぎない意志が宿っていた。彼女の口元は緩やかに弧を描いていて、楽しそうにすら見えた。

「それなら良かった」

リーゼロッテはか弱い乙女に見えて、僕が想像しているよりずっと度胸があるようだ。

「それじゃあ出発しよう！　王城に乗り込んで、ワルモンドに一言、言ってやらないとね！」

いざ王城へ！

◇◆◇

ワルモンドは城の二階にあるバルコニーで、息子トレネンとその婚約者デリカとともに、午後のティータイムを楽しんでいた。

「それでは父上、明日にはリーゼロッテは城に来るのですね？」

トレネンが嬉しそうな様子でワルモンドに尋ねる。

「ああ、そうだ。今日ウィルバートの元に使者を送ったからな」

ワルモンドは手紙を読んだ時のウィルバートの反応を想像し、こみ上げる笑いが抑えられな

かった。

長年独り身で暮らしてきた兄が夫婦生活の楽しさを知った頃、新妻を奪われるのだ、さぞかし悔しいだろうと、ワルモンドはほくそ笑む。

「明日もう一度、ウィルバートの屋敷に使者を送る。その時、リーゼロッテを城に連れてこさせる」

使いの者にはウィルバートが抵抗するようなら、暴力を振るっても構わないと伝えた。

「明日から、リーゼロッテをデリカの身代わりとして学園に通わせることができます。それによりデリカは王太子妃教育に集中できます」

トレネンは喜色満面《きしょくまんめん》で言う。

デリカは王太子妃教育に集中でき、トレネンはデリカに感謝され、ワルモンドはリーゼロッテを小間使いとして使うことができる。

ここにいる全員にとって彼女が戻ってくることは、都合が良かった。

「それにしても父上、王命を持たせた使者を伯父上の暮らす北の屋敷に行かせたのですよね？　なぜその時、無理やりにでもリーゼロッテを連れてこなかったのですか？」

息子が疑問に思うのももっともだと思いつつ、ワルモンドはニヤリと笑って言った。

「余は情け深い男だ。ウィルバートに妻との別れを惜しむ時間を与えてやったのよ」

兄はリーゼロッテに二度と会えなくなるのだ、今宵一晩くらい、良い思いをさせてやってもいいだろう。

彼女との別れを惜しめば惜しむほど、別れが辛く苦しくなるだろうから、と思ったのだ。

「伯父上は魔女の呪いをかけられ、城を追放された王族の恥です！　情けをかけるだけ無駄です！」

トレネンにはウィルバートが、働きもせずに税金で暮らしている穀潰しに見えるのだろう。

そう思うのも無理はないとワルモンドは思った。

彼はウィルバートが魔石を開発したことも、様々な魔法陣を新しく発明したことも、魔導書や古文書の誤字や計算ミスを修整していることも、トレネンには伝えていなかったのだ。

「俺がデリカと結婚して子を成したら、伯父上の血のスペアとしての役割も終わります！　いえ、本来なら俺が生まれた時点で、伯父上の役割は終わっていたのです！　父上、俺とデリカが結婚したら、伯父上を王族の籍から外し、追放処分にしましょう！」

「そうですわ、陛下、役立たずの王兄殿下に予算を使うなんてもったいないですわ」

トレネンとデリカの言い分にも一理ある。

ウィルバートは、もう何年も新しい魔法陣を開発していない。

ワルモンドは魔石の数や種類を増やせと命じたが、ずっと無視されていた。

最近、ウィルバートがやったことと言えば、誰も読まないような古い書物を読みふけり、誤字を報告するのみ。

「そろそろ奴の切り時かもしれんな」とワルモンドは考える。

先代の国王であった父は、「ウィルバートのことは何があっても王族から除籍してはならん。国外追放などもってのほかだ。絶対にウィルバートの機嫌を損ねてはならん」と死ぬ間際に言い残した。

父は甘い人だったから、北の屋敷に幽閉されているウィルバートに同情していたのだろう。

先王はウィルバートが弟の代わりに魔女の呪いを受けたことに、うすうす感づいていた。

気づいていながら何もしなかった。

それにもかかわらず、ウィルバートの汚名を雪《そそ》ぐことも、名誉を回復することも、城に戻しもしなかった。

国王は、自分に王位を譲るという遺言を残して亡くなった。

ウィルバートより自分のほうが可愛かったのだと、ワルモンドは一人納得した。

国王は、自分の人の上に立つ能力を認めていたのだ。

唯一の憂いであったウィルバートの呪いは解けた。

もう、魔女にゴブリンにされると怯える必要はないのだ。

「そうだな、ウィルバートの役目は終わった。王族の籍から廃し、国外処分としよう」

明日、北の森の屋敷に使者を送る時、ウィルバートを王族から除籍し、国外追放にする旨を記した王命も一緒に持たせようと彼は考えた。

呪われた兄は、余に嫁を奪われた上に王族ですらなくなる。

ウィルバートは地団駄を踏んで悔しがるだろうな。

その苦しむ想像をするだけで、ワルモンドの顔は緩んだ。

「英断です、父上！　伯父上を王族から除籍しても何の弊害《へいがい》もありません！　むしろ王家にとって有益となります！」

「王兄殿下に使われていた予算は、私達に回してほしいですわ」

「わははは！　そうだな、考えておこう」

その時、「国王陛下！　一大事でございます！」と叫びながら、大臣がバルコニーに駆け込んできた。

楽しげな雰囲気を台無しにされ、彼は不機嫌を露わにした。

「大臣、無礼だぞ。余はティータイム中だ」

ティータイムを邪魔したのだ。余程のことが起きたのだろうな？　些細なことであれば、首にするぞ。

そう思いつつ、ワルモンドは大臣に顔を向ける。

「それが、ま、魔石が……！　魔石が動かなくなりました！」

大臣の言葉を聞いて、ワルモンドは血の気が一気に引いた。

「魔石が動かなくなっただと……！　どういうことだ！　詳しく説明せよ！」

彼は椅子から立ち上がり、大臣に詰め寄った。

「使用人からの報告によると、部屋の暖房用に使っていた魔石に魔力を込めたのですが稼動せず。同じようにお風呂に水を溜めようと魔石に魔力を込めたのですが稼働せず、魔石からは一滴の水も出なかったそうです！　わたしも報告を受けて、火の魔法文字が刻まれた魔石と水の魔法文字が刻まれた魔石に魔力を込めたのですが、作動する気配すらありませんでした！」

大臣の言葉を聞いて、彼はめまいを感じた。

「もしやと思い、部下を使って調べさせたのですが、城壁に仕込んでいた結界の魔法文字が刻まれた魔石も効果を失っておりました！」

「そんな馬鹿なことがあるか！　昨日までは普通に動いていたのであろう？　今日になってなぜ動かなくなったのだ！」

「それは……わたしにも」

「動かなくなったのは城にある魔石だけか？　城外の魔石はどうなっておる⁉」

「騎士団に国境に設置された魔石を調べに行かせましたが、報告はまだ……」

ワルモンドは「頼む！　城外の魔石は通常通り稼動していてくれ……！」と心の中で願った。

結界がなくなれば、魔物がすぐにでも市街に入り人を襲うからだ。

「水の魔石の代用は井戸や川で、火の魔石の代わりは火打ち石と薪でできるでしょう。問題は結界の魔石です。結界の魔石の不具合は、この国の存続に関わります」

大臣が言いたいことを察し、彼はますます青ざめた。

「父上、万が一国内にある結界の魔石が全て機能していなければ、俺達はどうなるのですか？」

そう尋ねるトレネンの声は震えていた。

「考えたくはないが、魔物が国境を越えて国内に侵入して国内は魔物で溢れかえり、街や村を襲うだろう。魔物の数によっては、城の兵士や各貴族が抱える私兵では対処しきれんだろう……」

最悪の事態を想定し、動かなくてはいけないことは明白だった。

「そんな……一大事ではないですか！」

トレネンの顔がまっ青になった。

自分に説明されなければ、これぐらいのことも理解できないなど情けない奴だ、と息子に失望しながら、ワルモンドは頭を抱える。

「今までは魔石に頼っていたので無料でしたが、暖を取るのにも薪を買うのにも、井戸の水を汲むメイドを雇うにも、魔石を退治する兵士を雇うにも、全てにお金がかかります」

大臣がトレネンにもわかるように説明した。

魔石が発明される前は人力で行っていた。

薪の購入費用や水汲みをするメイド、兵士や傭兵を雇うのに使っていた金は、国王が愛人を囲ったり、王妃が宝石やドレスを買ったり、トレネンが街で豪遊したりして使ってしまった。

「それに、城の井戸は長年手入れをしておりません。水が出るかどうか……。王家所有の森も手入れしていないので、良質の薪が手に入るかもわかりません」

大臣が青い顔で呟いた。

問題は山積みだった。

「国王陛下が魔石に魔法文字を刻むことに成功したのは、クルーゲ王国の民なら赤子でも知っています。陛下なら魔石の不具合の原因を解明し、元通りに治せるのではありませんか？」

大臣が縋《すが》るような目でワルモンドを見た。

「そうです！　魔石に魔法文字を刻んだのは父上です！　父上が調査すれば、たちどころに原因がわかり、魔石がまた使えるようになります！」

トレネンが期待を込めた目でワルモンドを見つめる。

「ぐっ……それは！」

ワルモンドに魔石の不具合の原因などわかるわけがなかった。

だが、今さらウィルバートの功績を盗んだなどとも言えない。

「トレネン様？　先程からお話を伺っておりましたが、魔石が壊れたのですか？」

デリカがトレネンの服の袖を引っ張ったので、彼の注意はデリカに向いた。

トレネンの期待の眼差しから解放され、国王はホッと息をつく。

「魔石が壊れたのかどうかはわからない。ただ今朝から動かなくなったのは確かだ」

「困ります。毎日三種類のお風呂を用意させるのが楽しみだったんですよ。それに魔石で焼いたスコーンは絶品でした。魔石が壊れたらスコーンを食べられなくなってしまいます。トレネン様、なんとかしてください！」

デリカはトレネンの腕を軽く叩いた。

「こんな非常時に、この娘は何を言っているんだ？」とワルモンドは一瞬戸惑った。

「デリカ、今はお風呂やスコーンの心配をしている場合ではないだろ。国が深刻な事態に陥っているのがわからないのか？」

彼女の無知な発言に、トレネンも手を焼いているようだった。

「やだぁ、今日のトレネン様の目が怖いです～～」

緊急事態に風呂だのスコーンだのと騒ぎ立てるデリカの愚かな言動に、ワルモンドは強く不快を覚えた。

「陛下、早急に魔石の調査を！」

大臣が決断を急かす。

今はデリカなどに構っている場合ではないと判断した彼は、大臣に指示を出した。

「くっ……！　魔石は魔力で動く！　城にいる魔導士を集め、城壁に埋め込まれた魔石に魔力をありったけ込めさせるのだ！」

「承知いたしました」

大臣は頭を下げて、小走りで去っていった。

いつもはのんびりとした様子の大臣が走っている。

事態が緊迫していることは明白だった。

魔石についてはワルモンドにはわからない。

先程まで自分が蔑んでいた、ウィルバートに聞かなくては対処法がわからないのだ。

よりによってリーゼロッテを自分の元に寄こすよう、王命を出した日に、魔石が不具合を起こすとは予想外だったワルモンドは歯噛みした。

だが彼は少しばかり落ち着きを取り戻し、笑って告げた。

「これより余は北の森に向かう！」

まだ、ウィルバートを王族から除籍していないのだから、兄に説明を求めればよい。

彼はリーゼロッテは諦め、魔石の不具合について調べてくれと言って、ウィルバートに詫びるしかあるまいと覚悟した。

「聞こえないのか！　余は北の森に向かう！　急ぎ馬車の支度をせよ!!」

ワルモンドはリーゼロッテを手に入れられなかったことを悔しく思いながら、バルコニーの隅に控えている従者に向かって、再度指示を出した。

【グオオオオオォォォォォォオッッ!!】

その時、大地を揺るがす程の魔物の咆哮《ほうこう》が聞こえ、突風がバルコニーを襲った。

風は枝を揺らし、城の窓ガラスがガタガタと振動させてテーブルを揺らす。

テーブルに載っていたティーセットが床に落ち、大きな音を立てる。

ワルモンドはその場にうずくまり、息子の足にしがみついた。

だがそれはトレネンの足ではなく、デリカのドレスの裾だった。

ワルモンドはトレネンはどこに行ったのか、疑問に思いながらテーブルの下に目を向けた。

すると、「怖いよ～～！　母上～～！」頭を抱えながら、涙と鼻水を流して震えている息子がいて、心底情けない気持ちになった。

「ワルモンド、僕に会いたいなら北の森に行く必要はないよ！」

その時、上空から堂々とした声が届いた。

彼が顔を上げて空を振り仰ぐと、全長五十メートルはある漆黒のドラゴンが飛んでいた。

竜はまっ黒な目をぎょろぎょろさせ、ワルモンド達を冷酷に睨んでいた。

「ひっ……！」

ドラゴンの漆黒の瞳と目が合った瞬間、ワルモンドは心臓が凍るような恐怖を覚えた。

竜がバルコニーの高さまで降りてくる。

ドラゴンの背には茶色い髪に翡翠《ひすい》色の瞳の少年と、銀色の髪の少女、黒い髪を三つ編みにしたメイドの三人が乗っていた。

「久し振りだね、ワルモンド」

「ウ、ウィルバートなのか……!?」

ウィルバートは、城を追われた二十九年前と全く変わらぬ姿で、弟の前に姿を表した。

第六章　三人の断罪

僕とリーゼロッテと魔女は竜の姿になったシャイン君の背に乗り、城に向かった。

前方の座席には僕とリーゼロッテが、後方の席にはメイドに変身したアダルギーサが座っている。

上空から見る景色は綺麗だった。揺れは少ないし、城までは快適に来ることができた。

二十九年振りに訪れた城は、様変わりしていた。

城の外壁にゴテゴテとした装飾が施されて気味の悪い銅像がいくつも配置されている。いい趣味とはとても言えない。

これはワルモンドのセンスなのかな？

そういえば子供の頃、ワルモンドの部屋には、変な形の像や悪趣味な絵画が飾られていたっけ。

彼のセンスのなさは、あの頃から変わっていないようだ。

「ハルト様、バルコニーに国王陛下と王太子殿下とデリカがいます」

リーゼロッテが指差した方向に目を向けた。

そこには、茶色とオレンジを基調にした軍服にゴテゴテと勲章《くんしょう》をつけ、豪華なマントを纏《まと》った金髪の中年のおじさんと、ピンクの髪の軟弱そうな若い男、銀色の髪をツインテールにした性悪そうな顔の少女がいた。

悪趣味な服を着た金髪のおじさんがワルモンドで、間抜け面をした桃色の髪の青年が王太子のトレネン、性格の悪そうな銀髪の少女がデリカだろう。

リーゼロッテから聞いていた、彼らの特徴と一致している。

しっかし、ワルモンドも老けたな〜〜。

少し髪が薄くなったみたいだし、髪の毛に白髪が交じっている。なんならお腹もちょっとだけ出ていた。

僕もアダルギーサに呪いをかけられずに歳を重ねていたら、ワルモンドみたいな容姿になっていたのかな？

僕は二十九年振りに見た双子の弟の劣化具合に、少なからず衝撃を受けた。

【ハルト様、奴らを襲撃《しゅうげき》しますか？】

シャイン君が低い声で唸るように言った。

襲撃なんて、彼は物騒だな。

けれど、少しぐらい奴らを驚かせてもいいかもしれない。

リーゼロッテを虚仮《こけ》にされた仕返しだ。

「そうだね、彼らに挨拶してやろう」

ドラゴンに乗った僕が上空から現れたら、彼らはさぞ驚くだろうな。

「リーゼロッテ、今から君の妹と君の元婚約者を貶めることになるけど、平気？」

僕は隣の席に座る彼女に声をかけた。

「大丈夫です、ハルト様。トレネン様に婚約破棄された時、二人との縁は切りましたから。二人がハルト様に罵られても、シャインさんに脅されても、私は何も感じません」

彼女は背筋をピンと伸ばし、凛とした顔でそう言った。

「そう、わかった」

彼女の覚悟は変わらないようだ。

「シャイン君、奴らに挨拶に行こう！　高度を下げて！」

【ハルト様。国王が北の森に向かうと話しています】

この距離からバルコニーにいるワルモンドの声が聞こえるんだ。

竜型のシャイン君は耳がいいんだな。

「ワルモンドに、その必要はないって伝えてやろう」

【承知いたしました、ハルト様】

シャイン君が天まで届きそうな雄叫びを上げ、バルコニーに向かって急降下した。

【グオオオオオォォォォォオッッ‼】

シャイン君が両翼を広げ上下に動かすと、強い風が巻き起こった。

風はその勢いのまま樹木を揺らし、城の窓ガラスをガタガタと鳴らした。

バルコニーに近づき、シャイン君が空中で静止する。

僕は立ち上がり、バルコニーにいる三人を見据えた。

「ワルモンド、僕に会いたいなら北の森に行く必要はないよ！」

弟はデリカのドレスにしがみつき、トレネンはテーブルの下に潜りブルブルと震え、デリカは突如現れたドラゴンに目を見開いていた。

「久し振りだね、ワルモンド」

「ウ、ウィルバートなのか……⁉」

二十九年振りの弟との再会だが、全く感動しない。

ワルモンドのふてぶてしい顔を見ていると、腹立たしさすら感じる。

「お、お前が本物のウィルバートなら、なぜ二十九年間姿が変わっておらぬのだ！」

ワルモンドは、僕があの北の森にある屋敷に幽閉されてから、一度も僕を訪ねてこなかった。

僕に用事がある時は使いの者を送っていたからね。

使者にはシャイン君が対応していたから、その者も僕の姿を目にしていない。

父上は生前に一度だけ僕に会いに来られた。

けれど、僕の容姿についてはワルモンドに伝えなかったようだ。

それなら弟が、僕の姿が少年のまま変わっていないと知らなくても仕方ない。

「そっちは老けたね。それから元々悪かった趣味が、さらに悪化したみたいだ」

僕はワルモンドの格好を眺め、鼻で笑った。

「くそっ！　その、人を食ったような笑い方！　余に対しそのように不遜《ふそん》な態度を取る人間は一人しかおらん！　間違いない、貴様はウィルバートだ！」

彼が怒りで顔を歪《ゆが》めた。

僕が本物のウィルバートだとわかってもらえて嬉しいよ。

「久し振りね、デリカ」

僕が弟と対峙する一方、リーゼロッテがデリカに声をかけた。

「嘘っ……！　リーゼロッテ……なの？」

突如現れた双子の姉に、デリカは驚愕《きょうがく》したようだ。

その表情が驚きから嫉妬へと変わっていく。

「リーゼロッテ、その格好は何なのよ！」

デリカは鬼のような形相をしてリーゼロッテを指差した。

「トレネン様に婚約破棄された分際で、私より華やかなドレスを着て、高価なイヤリングやネックレスを身に着けているなんて生意気よ！」

そう叫んだデリカは不愉快な感情を隠さず、顔を醜く歪めた。ギリギリと奥歯を食いしばる音も聞こえる。

「リーゼロッテ……なのか？　美しくなったな……」

声のした方向を見ると、テーブルの下からトレネンが頭だけ出していた。

ほのかに色づいていたトレネンの頬を見るだけでも、癪《しゃく》に触る。

リーゼロッテが綺麗になったからなんだと言うんだ。

彼女を侮辱して婚約破棄したくせに、今さら馴れ馴れしく声をかけるな。

「君がワルモンドの息子のトレネンだね？」

僕はトレネンの顔をじっくりと眺めた。

こんな軟弱で頭の悪そうな顔をした男が、リーゼロッテのかつての婚約者だというのか？

「初めまして、君の伯父のウィルバート・エックハルト・クルーゲだ。リーゼロッテは僕の妻、つまり君の義理の伯母にあたる。君が軽々しくリーゼロッテの名前を呼ぶことを、僕は許さない。それから彼女に気安く話しかけるな。不愉快だ」

僕はトレネンの顔を見据え冷淡に言い放つ。

「嘘をつけ！　お前のような子供が俺の伯父であるわけないだろ！　お前こそ王太子である俺の名前を気安く呼ぶな！　無礼だぞ！」

今さっき、ワルモンドが僕をウィルバートと呼んだだろ？

聞いてなかったのか？

それとも状況を判断できないほど馬鹿なのか？

僕はわめくトレネンを無視して、デリカに目を向ける。

「デリカといったね、君もリーゼロッテへの態度を改めるんだ。僕は王の兄であり、王族の中では一番の年長者だ。君がリーゼロッテの肉親だとしても、僕の妻である彼女には敬意を持って接してほしいな。彼女への暴言は僕が許さないよ」

僕は厳しい口調で言い切った。

「何よ！　子供が偉そうに！　リーゼロッテはわたしの双子の姉よ！　わたしが文句を言って何が問題なのよ！」

トレネンとデリカ、どちらも頭が空っぽのようだ。お似合いの二人だね。

リーゼロッテはこの二人と縁を切って正解だ。

【ハルト様への不敬はこのわたくしが許しません。ハルト様、この無礼な小僧どもを頭から食べても構いませんか？】

シャイン君が低い声で唸《うな》り、トレネンとデリカを睨みつける。

「ひっ、ひぃぃぃぃぃ！　い、命ばかりはお助けを!!」

トレネンは顔をまっ青にして、またテーブルの下に潜ってしまった。

デリカは顔面蒼白で立ち尽くしている。

こんなのが王太子とその婚約者とは、世も末だね。

「国王陛下！　大変です！　魔石を一つ稼働させるには、魔導士が百人がかりで全魔力を込める必要があると判明しました！」

バルコニーに恰幅《かっぷく》の良い男が入ってきた。

「大臣か、今はそれどころではない！」

ワルモンドが恰幅の良い男に言った。

どうやらこの男が大臣らしいね。

「……って、うわぁぁぁ!!　な、ななな……何なのですか、その巨大なドラゴンはぁぁぁぁぁぁっっ!!」

魔石の報告をした大臣はシャイン君を見て尻もちをつき、ブルブルと体を震わせた。

「ワルモンド、魔石が動かなくなって困っているみたいだね？」

僕は弟と大臣を一瞥《いちべつ》し、口角を上げた。

「ウィルバート！　魔石が動かなくなったのは貴様の仕業か⁉」

ワルモンドが悔しげな表情でこちらを見ている。

「僕は何もしていないよ、ワルモンド。いや『何かをするのをやめた』と言ったほうが正しいかな」

「ウィルバート！　それはどういう意味だ⁉」

「二十九年間、僕は国中の魔石に魔力を流し続けていた。だから魔石は稼動していたんだよ。今朝、僕はそれを止めたんだ。だから魔石は魔力不足に陥り、動かなくなった」

僕は簡単に事情を説明した。

「嘘をつくな！　魔石を一つ動かすのに、城に勤める魔導士百人分の魔力が必要だと今しがた大臣より報告を受けたばかりだ！　この国の魔石は千個以上ある！　全ての魔石がお前一人の魔力で動いていたなど、とうてい信じられん！」

ワルモンドが唾を飛ばしながら僕に向かって喚く。

「別に君に信じてもらわなくても構わないよ。だけど魔石が動かなくなった理由をほかに説明できるの？」

ワルモンドは悔しそうに奥歯を噛みしめた。

その時、庭先が騒がしくなった。

騒ぎのしたほうに目を向けると、五十から六十人の魔導士が集まっているのが見えた。

魔石に魔力を込めてヘトヘトだろうに、よく働くね。

それとも庭に集まっているのは、魔石に魔力を注いだ魔導士とは別の魔導士なのかな？

なんにしても、シャイン君の姿を見てよく逃げなかったね。

お城の魔導士は勇敢なようだ。

ワルモンドに仕えさせておくのはもったいないな。

「国王陛下と王太子殿下、殿下の婚約者の命を狙う悪者め！　我ら王宮魔導士の力を思い知るがいい！」

魔導士達が一斉に杖を構える。

僕に杖を向けるとはいい度胸だ。

でも、相手の力量もわからずに戦いを挑むのは、勇敢ではなく無謀と言うんだよ。

「ウィルバート！　貴様らはこれでおしまいだ！　余に仕える魔導士は優秀だぞ！　余の開発した魔法陣を使用し、高火力の魔法を連発できるからな！　貴様は魔導士団の魔法の威力の前にひれ伏すのだ！」

ワルモンドは魔導士団の応援を迎え、強気になった。

「僕の開発した魔法陣を盗み、自分の手柄にしておいてよく言うよ」

盗っ人猛々《たけだけ》しいとはよく言ったもんだ。

「黙れ！　魔導士達よ、奴らは国王に害をなす謀反《むほん》人だ！　殺しても構わん！　魔法を放て!!」

ワルモンドの掛け声とともに、魔導士達が杖を振るう。

魔導士の上空に魔法陣が展開した。

一度魔法陣を展開し、そこから魔法を放つのがこの国の魔導士の戦い方だ。

「陛下を害する謀反人め！　我ら王宮魔導士団の炎の魔法を食らうがいい!!　炎の竜巻《フレイム・トルネード》!!」

魔導士達が一斉に呪文を唱えた。

しかし、いつまで経っても魔法は発動しなかった。

「おい！　何をやっている！　さっさと撃ち落とせ!!」

バルコニーにいるワルモンドが、庭にいる魔導士達に怒号を飛ばす。

「申し訳ありません、陛下！」

魔導士達をまとめる団長らしき男が焦った様子でワルモンドに頭を下げた。

「くそっ！　もう一度だ！　炎の竜巻《フレイム・トルネード》!!」

また魔導士達が一斉に呪文を唱えた。

しかし魔法は発動しない。

「貴様ら！　ふざけているのか！　真面目にやれーー!!」

ワルモンドが王宮魔導士団に向かって叫んだ。

「陛下、それが……先程からやっているのですが、うまく魔法が使えないのです……」

叱咤された男が、まっ青な顔でワルモンドに弁明する。

「そんな馬鹿なことがあるのか！　貴様ら、たるんでおるぞっ!!」

弟は額に青筋を浮かべて怒鳴る。

「ワルモンドは相変わらずマヌケだね」

こんなに頭が悪いのに、よく今まで国王の職を務められたね。

「ウィルバート、貴様はそうやっていつも余を小馬鹿にする!!」

僕が蔑むような視線を送ると、弟が悔しげに唇を噛んだ。

「僕が開発した魔法陣だよ。僕に向かっては攻撃できないように、開発の段階で対策ぐらいしてあるさ」

あの魔法陣を開発した時、僕に向けて攻撃呪文を放てないように設定したのだ。

「くそっ！　小賢《こざか》しい真似を！」

ワルモンドは眉間に皺を寄せ、地団駄を踏んだ。

庭に集まった魔導士達が僕とワルモンドの会話を聞いて騒ぎ出した。

「おい小僧！　貴様は先程から何を言っているんだ！　陛下が開発した魔法陣を自分が開発したと言うのか！」

「身の程をわきまえろ！」

「この恥知らずが！」

魔導士達が僕に向かって口々に暴言を吐く。

まったく、しょうがないね。

僕には敵わないと、もうわかっただろうに。

「君達が信じなくても僕は別に構わないよ」

僕は彼らが展開した魔法陣を書き換え、消滅させた。

そして、新たに魔法封じの印を瞬時に作り、魔導士達の体に刻んでやった。

「なっ、小僧！　我らに何をした!!」

体に見慣れない印を刻まれた魔導士達は目に見えて動揺した。

「僕が君達の体に刻んだのは、魔法封じの印だよ。ワルモンドが本当に攻撃用の魔法陣の開発者なら、僕の刻んだ術式ぐらい簡単に解除できるはずだよ。僕が君達の体に刻んだ魔法封じの印は、攻撃用の魔法陣なんかより、遥かに易しい作りだからね」

庭にいる魔導士達は一斉にバルコニーにいるワルモンドを見上げた。

「ワルモンド、君は攻撃用の魔法陣の開発者なんだろ？　それなら、僕が彼らに刻んだ魔法封じの印ぐらい、解除できるよね？」

僕が挑発するように言うと、弟は悔しそうに唇を噛んだ。

「父上、早く魔導士団にかけられた術式を解いてください！　そこにいる愚か者に、父上の偉大さを思い知らせてやってください！」

テーブルの下からトレネンが喚いている。

そういう勇ましいセリフは、テーブルの下から出てきてから言ってほしいものだね。

「トレネンはああ言っているよ？　息子の望みを叶えてあげたら？　君の偉大さをみんなの前で証明してあげなよ」

僕はわざとワルモンドを追い詰めるような言い方をした。

「くっ……！　王宮魔導士団などいらぬ！　弓兵はどうした！　この賊どもを射落とせ!!」

窮地《きゅうち》に立たされたワルモンドは、王宮魔導士団をあっさり見捨てた。

「そんな……！　陛下、あんまりです！」

「陛下！　我々を見捨てるのですか!!」

ワルモンドの発言を聞いた魔導士達が騒ぎ出した。

可哀想に、全員が泣きそうな顔をしているじゃないか。

「やかましい！　役立たずの魔導士どもめが！　魔法を封じられた魔導士などいらぬ！　貴様らなど今日限りで解雇だ！」

ワルモンドが魔導士達に冷たく言い放つ。

あらら、お抱えの魔導士達を首にしちゃった。

魔法を封じられても魔力がなくなったわけじゃないから、彼らでも魔石に魔力を込めることぐらいはできるのに。

まぁ、愚かな彼には教えてあげないけど。

その時、向かいの建物の屋根がキラリと光った。

僕はサーチの魔法を使って状況を確認する。

どうやら遠く離れた向かいの建物の屋根に、弓兵を三十人ほど隠しているようだ。

僕が王宮魔導士団と戦っている間、音もなく配置についたわけか。

彼らもなかなかやるね、悪くない配置だ。
あの位置からならワルモンドに矢を当てず、僕らだけを攻撃できる。
彼に仕えさせておくにはもったいない人材だね。
——なんて考察をしていたら、僕に向かって一斉に矢が飛んできた。
「ハルト様、危ない！」
リーゼロッテが声を上げる。
「大丈夫だよ、リーゼロッテ。彼らの放った矢は、絶対に僕達に当たらないから」
僕はシャイン君の体を覆うように、半径五十メートルほどの魔法の結界を張った。
これであらゆる攻撃は僕らには届かない。
放たれた矢が結界に弾かれ、こちらに届く前に落ちていく。
弓兵はそれでも攻撃を止める気配がない。
弓矢を弾き返すだけではつまらない。彼らに返してやろう。
僕は中空に重ねて魔法陣を描いた。
矢を空中で止めて向きを反転させ、弓兵の足元を狙って返してやる。
自ら放った矢を返され、弓兵達は困惑しているようだ。
ほとんどの弓兵は呆然としていたが、気丈にもまだ弓を構える者がいた。
僕は別の魔法陣を展開し、弓兵を透明な球体の中に個別に閉じ込めた。
半径五十センチほどの球体だから、大人の男が入るには少々狭いだろう。

球体の中に閉じ込められた彼らは身動きができずに膝を抱え、体を小さく丸めた。

「これで弓兵も使い物にならなくなったね。まだやる気？　次は剣士が相手かな？　それとも槍兵かな？」

僕が煽《あお》ると、ワルモンドは憎悪の籠《こも》った目で僕を睨んだ。

「仕掛けてこないなら、今度はこっちから行くね！」

僕は片手を上げ、さらに上空に半径三十メートル程の魔法陣を描いた。

庭にいる王宮魔導士団からどよめきが起こる。

どうやら魔法に精通している彼らでも、この規模の魔法陣を見たことがないらしい。

大きいだけの魔法陣なんて効率が悪いだけだから、これはただの虚仮《こけ》脅しだ。

ワルモンドの配下には、それを見抜けるだけの才のある者はいないようだ。

僕は、魔法陣から半径六十メートル程の巨大な火球を作り出した。

たんなるパフォーマンスなので、この大きさの火球でファイア一発分の威力しかない。

その気になれば、大陸一つを吹き飛ばせる程の威力のある火球だって出せる。

けれど、万が一コントロールに失敗すれば大惨事になるからやめておく。

庭に集まった王宮魔導士達が、僕が作り出した巨大な火球を見て腰を抜かしていた。

弟とトレネンとデリカが大きく口を開け、マヌケな顔でこちらを見ている。

「ワルモンド。君が本当に魔法陣を開発し、魔導書の誤字を直し、魔石に魔法文字を刻んだと言うのなら、この程度の火球なら簡単に弾き返せるはずだ！　僕の作った火球と君の作った火球で、勝負をしようじゃないか！」

僕の言葉を聞いたトレネン、デリカ、大臣、庭にいる魔導士、球体に閉じ込めた弓兵が、期待を込めた瞳でワルモンドを見た。

「陛下、王兄殿下の名を騙る子供に好き勝手言わせておいて良いのですか？　陛下の魔法であやつに、目にものを見せてやってください！」

大臣がワルモンドを煽る。

「そうです、父上！　あの小僧の作り出した火球を、遥かに超える大きさの火球を作り出し、あいつを消し炭にしてください！」

「そうですわ、国王陛下！　生意気なお姉様とその仲間達に天誅を下してください！」

トレネンとデリカがワルモンドを焚き付けた。

皆の期待を一身に背負ったワルモンド。

彼の顔色は青を通り越して紫になっていた。

「ワルモンド、君にはできないよね？　君は魔導書の誤字の修正どころか、魔導書一冊すら最後まで読み切ったことがないのだから。君には下級魔法のファイア一発すら満足に放てないだろ？」

正直に告白したほうがいいと思うけどな。

「父上を馬鹿にするな！　数々の魔法陣を開発した父上が、下級魔法のファイアすら放てないはずがないだろ！」

トレネンがキャンキャンと吠える。

だから、そういうことはテーブルの下から出てきてから言ってくれ。

「父親を信じるのならそれもいいだろう。だけど、ワルモンドが僕の放った魔法を弾き返せなかったら、城にいる人間は全員骨すら残らず灰になるよ？　それでもいいのかな？」

「うぇっ……!?」

僕がそう言って睨みつけると、トレネンは声を裏返らせて震え出した。

「ワルモンド、城にいる魔導士に加勢を求めてもいいんだよ？　もっとも、庭にいる魔導士の魔法は、僕が先程封じてしまったけどね」

そういえば、庭にいる魔導士はワルモンドが全員首にしたんだった。

彼らが魔法を使える状態だったとしても、加勢は期待できないね。

「用意はできたかな？　じゃあ、行っくよ～～」

僕がゆっくりと火球を降下させると、弟は床に膝をついた。

「ウィルバート……いや、兄上。余にその火球を返すすべはない……降参だ」

ワルモンドが力なく呟いた。

「父上！　戦いもせずに自ら敗北を認めるというのですか!?」

だからトレネン、そういうセリフはいい加減、テーブルの下から出てきてから言いなよ。

「陛下！　何と弱気な！」

大臣がワルモンドに責めるような視線を送る。

「陛下が降参したらお姉様にギャフンと言わせられないじゃない！　あんな生意気なガキ、陛下の魔法でねじ伏せてやってよ!!」

デリカがギャーギャーと騒ぐ。

「黙れっっ!! あの火球を見よ！ あんな巨大な火球を操る奴を、今までに目にしたことがあるか!? あんな物を作り出せる奴は人間ではない！ 化け物だ！ 普通の人間が化け物に勝てるわけがないだろう!!」

ワルモンドが周りにいた人々を一喝した。

化け物か……言ってくれるね。

リーゼロッテにもそう思われたのだろうか？

それはちょっと嫌だな……。少し不安になって彼女を振り返る。

「ハルト様、私はあなたを化け物だなんて思っていませんよ」

僕と目が合ったリーゼロッテは、そう言って微笑んでくれた。

彼女の顔に恐怖の色は見えないのがわかり、僕はホッと胸を撫でおろした。

ほかの誰にどう思われても構わない。

だけど彼女にだけは、化け物だと思われたくなかった。

【わたくしもリーゼロッテ様と同じ意見です】

「もちろん、アタシもね」

シャイン君とアダルギーサが、リーゼロッテの意見に同意してくれた。

僕には僕のことを信頼してくれている仲間がいる。

ワルモンドに何を言われても平気だ。

【ハルト様、奴らに止《とど》めを】

「ああ、うん、そうだね」

ワルモンド達を一瞥《いちべつ》すると、全員が死人のように青い顔をした。

どうやら、彼らはシャイン君の言った「止《とど》め」の意味を、火球を放ち、全員を焼き殺すことだと勘違いしたらしい。

「トレネン、デリカ。助けてほしいなら君達の犯した罪を正直に白状するんだ！　そしてリーゼロッテに謝罪するんだ！」

【ハルト様のお手を煩わせる程のことはありません。あの不届き者は、わたくしの猛毒の爪の餌食《えじき》に致しましょう】

シャインがトレネンを睨みつけ、彼に爪を向けた。

「ヒィィィィィィ！　そっ、それだけはご勘弁を!!　言います！　全て白状します!!　だから許してください!!」

トレネンはボロボロと涙を流しながら、床に頭をこすりつけた。

「お茶会の度にリーゼロッテに罵詈雑言を吐きました！　学園入学してからずっと、課題をリーゼロッテにやらせていました！　王太子の仕事の九割もリーゼロッテにやらせてました！　デリカの言うことを百パーセント信じて、リーゼロッテを断罪しました！　調子こいてデリカと浮気して、一方的にリーゼロッテに婚約破棄を突きつけました！　その時、リーゼロッテのドレスに紅茶をかけました！」

矢継ぎ早に言うトレネンは、もう周りが見えていない。

「リーゼロッテがいなくなってから、王太子の仕事と王太子妃の仕事、そして俺の課題をする者がいなくなりました！　俺はリーゼロッテの実力をまだ認められず、彼女が家庭教師に課題や仕事を手伝ってもらっていたと思い込んでいました！　そこで、リーゼロッテを呼び戻し、彼女が俺の婚約者だった時に仕事を手伝わせていた者の名前を教えてもらおうとしました！　しかし、そんな者はいなかった！　本当に馬鹿でした！　それから、リーゼロッテをデリカの替え玉として学園に通わせ、全部の責務を押し付けようとしていました！　全～～～部俺が間違っていました！　すみませんでしたーーーー!!」

トレネンが鼻水をたらしながら大声で謝罪した。

これだけ大きな声なら、庭にいる人間にも彼の言葉は届いただろう。

「次は君が罪を告白し、リーゼロッテに謝罪する番だね、デリカ！」

僕は彼女をジロリと睨みつけた。

「言います！　言えばいいんでしょう!!」

彼女は床に手をつき、謝罪を始めた。

「わたしは子供の頃からリーゼロッテに罪をなすり付けてきたわ！　八歳の時に、自分で転んだ怪我したのを『お姉様に突き飛ばされた！』と言って、お母様に泣きついた！　十歳の時にはメイドにお茶をかけて火傷させた罪もリーゼロッテに押し付けたわ！　学園に入学してからは教師を色仕掛けで誘惑して、お姉様の答案とわたしの答案を入れ替えさせたわよ！」

デリカは口に唾を飛ばしながら自分の罪を告白し続けた。

言っているうちに止まらなくなったのか、聞いてもいないことを話し出した。

「お姉様の寝ている隙に彼女の部屋に侵入し、課題を盗んで学園に提出したわ！　学園最下位の成績なのはお姉様じゃなくてわたしです！　それから庭師ハンクと、幼なじみのアレンと、同級生のラークと、生徒会書記のレイモンドを色仕掛けで落としました！　その四人を誘惑したのはリーゼロッテだと嘘をついて、彼女は誰とでも親密な関係を持つ女だとひどい噂を流しましたわ！　学園で下位貴族の生徒に因縁をつけて、バケツの水をかけたり、噴水に突き落としたり、ノートや教科書を破いたり、食べ物に虫を入れたりしていじめた！　その罪をリーゼロッテに着せた！　素行が悪いのも、男好きなのも、下位貴族の令嬢をいじめていたのも全部わたしです！」

自分から告白しているけれど、あまり改心しているようには見えないな……

リーゼロッテは顔を伏せて口をつぐんだままだ。

彼女の肩が、握りしめるその手が、わずかに震えている。

「協力者のミハエル先生に逃げられたから、お姉様を呼び戻して学園に通わせ、わたしの代わりにテストを受けさせようと画策していました！　わたしは双子の姉を嵌《は》めて、姉の婚約者を奪った最低な女です!!　ごめんなさい！　もうしませんから、許してください!!」

デリカは全ての罪を告白した。

「デリカお前、五人の男と関係を持っていたのか!?　なんてふしだらな女だ！　お前のために、俺は清らかで賢いリーゼロッテを失ったのだぞ！　この嘘つき！　お前のような女は王太子の婚約者にふさわしくない！　お前との婚約は破棄だ!!」

「怒らないで！　わたしの本命はトレネン様よ！」

「煩い！　汚い手で触るな！　性悪女め!!」

デリカはトレネンに縋《すが》ったが、トレネンは眉間に皺《しわ》を寄せて彼女を突き飛ばした。

「リーゼロッテ、俺はデリカに騙されただけなんだ……だからもう一度やり直し……」

トレネンが哀しげな目でリーゼロッテを見た。

「彼女の価値に気づいて謝罪したところで、もう遅いよ。リーゼロッテは僕の妻なんだから」

僕がギロリとトレネンを睨むと、トレネンは「ひっ！」と悲鳴を上げて俯いてしまった。

身勝手な理由でリーゼロッテを捨てたくせに、今になって彼女と寄りを戻したいなんて、図々しいんだよ。

「ハルト様の妻……」

リーゼロッテが顔を赤らめ頬に手を当てた。

ちょっ……そんな可愛い反応しないで……！

僕が動揺した影響を受け、上空の火球がグラグラと揺れ始めた。

いけない、いけない、集中、集中。

「リーゼロッテ、あいつらに言いたいことがあるなら、もっと言ってもいいんだよ？」

もっとも文句を言う価値もないかもしれないけど。

「ハルト様、ありがとうございます。ではお言葉に甘えて」

リーゼロッテが椅子から立ち上がりすーーっと息を吸う。

「殿下、私があなたを好きだったことは一度もありません。なので、あなたとやり直すことは絶対にありません。ですが、お二人からの謝罪は受け入れます。そして二人の罪を許します」

彼女は凛《りん》とした表情でそう言い放った。

トレネンとデリカが、助けを求めるような目をリーゼロッテに向ける。

「ですが、勘違いしないでください。二人のしたことを認めるわけではありません。ただ二人の罪を許さないでいるのは、過去を引きずっているようで気分が悪いのです。それがあなた方との縁を断ち、前に進むことに繋がると思うから。今後、私があなた方に関わることは一切ありません！」

リーゼロッテは冷たい目で二人を見据え、きっぱりと言い切った。

彼女に絶縁されるとは思っていなかったのだろう。

二人はアホみたいに口を開けて固まっていた。

「どうでしたか、ハルト様？　ちょっと言いすぎてしまったでしょうか？」

リーゼロッテが椅子に座り、恥ずかしそうに僕に聞いてきた。

「大丈夫だよ、リーゼロッテ。かっこよかったよ。あの二人にはあのくらい言ってやらないと」

何かが吹っ切れたのか、彼女は爽やかな表情をしていた。

トレネンとデリカにはお灸を据えたし、残るはワルモンドへの断罪だけだ。

僕は、弟をまっすぐに見据えた。

「最後は君だ、ワルモンド！　君が犯してきた罪を話すんだ！」

弟は上空の火球を見て、観念したように深く息を吐いた。

どうやら逃げられないと判断したらしい。

「余は子供の頃から、優秀なウィルバートに嫉妬してきた。国王の長男として生まれただけで王太子に選ばれ、努力しなくてもなんでもできる兄上が憎かったのだ。ウィルバートを陥れるために、彼の名を騙り街に出て女遊びをしていた。その中の一人に町娘に変装した赤の魔女がいた。魔女は余の名乗った『ウィルバート』という名前を信じた。魔女に十五股をかけていたことがバレた時、彼女は城に乗り込み、本物のウィルバートに呪いをかけて去った。魔女は余とウィルバートを、間違えて呪ったのだ。……本来魔女に呪われるべきは余だった」

ワルモンドは己の犯した罪を白状した。

大臣とトレネンは呆然とした表情で彼の告白を聞いていた。

「魔女の呪いを受けたウィルバートは先代国王と先代の王妃の逆鱗《げきりん》に触れ、廃太子されて北の森に幽閉された。余はウィルバートの部屋から、魔法文字が刻まれた魔石や未発表の魔法陣、古文書や魔導書の誤字を記した本を見つけ、それを自分の手柄として発表したのだ。辻褄《つじつま》を合わせるため、それまでウィルバートが発表していた研究成果は、余から盗んだものだという噂を流した。ウィルバートを信頼していた魔導士や学者は、余の功績にケチをつけた。そういう輩には、罪を着せて国外に追放した」

ワルモンドの告白はまだ続いていた。

「………嘘だ！　父上がそんな非道な真似をするなんて……！」

トレネンが絶望した顔でワルモンドを見た。

あんな男でも、彼にとっては自慢の父親だったのだろう。

「トレネンすまない、全て事実だ」

「そんな……！」

トレネンは泣きそうな顔でワルモンドを見つめていた。

「余の犯した罪はまだある。先月、魔女が二十九年振りに余の元を訪れた。その時になってようやく魔女は、余とウィルバートを間違えて呪いをかけたことに気づいた。魔女は来年までにウィルバートの呪いが解けなければ、余と余の家族の顔をゴブリンにすると告げた。余はその時、ウィルバートの呪いは、真実の愛で解けると知った。余は、『真実の愛は初夜に男女でするいとなみ』だと推測し、ウィルバートとリーゼロッテとの婚姻《こんいん》を決めた」

僕はリーゼロッテの様子を窺《うかが》った。

彼女は驚いた様子で顔を赤くする。

「本人の同意はなかったが、特例を作り、無理やり二人を結婚させた。身持ちが悪いと評判のリーゼロッテなら、必ずや初夜にウィルバートとの情事を望むと考えたのだ。だが、リーゼロッテが身持ちが悪いというのは、デリカが流したでたらめに過ぎなかったがな」

ワルモンドは鋭い目つきでデリカを睨んだ。

デリカは気まずそうに彼から視線を逸らした。

「ウィルバートとリーゼロッテが結婚して三週間が経過した。二人は行為に及び、ウィルバートの呪いは解けたと余は判断した。トレネンに泣きつかれたのもあり、リーゼロッテを城に呼び戻し、昼間はデリカの代わりに学園に行かせ、夜は余の小間使いとして働かせようとしたのだ。すまなかった、ウィルバート。いや、兄上……！」

弟は地面に頭をつけ、僕に謝罪した。

「僕への謝罪はいいから、リーゼロッテに謝って」

「リーゼロッテ。余は、そなたの尊厳を無視し、名誉を傷つけた、申し訳ない」

ワルモンドは地面に頭をつけて何度も何度も謝罪した。

「さてと、ワルモンドにも謝罪してもらったし、そろそろ出発しようか？　リーゼロッテ、こいつらにまだ何か言ってやりたいことはある？」

「いいえハルト様、私の気は済みました」

「シャイン君は？」

【わたくしはハルト様がよろしいのであれば、もう何も申しません】

みんな気が済んだようだ。

そういえば、大事なことを一つ忘れていたな。

「僕は本日をもって王位継承権を放棄し、王族の籍を抜ける」

僕の言葉を聞いて、ワルモンドが悲鳴を上げた。

「それは困る！　兄上がいなくなったら魔石が動かなくなる！　魔石が稼動しなくなったら、この国は……！」

彼が必要なのは僕ではなく、僕の魔力と僕が開発した魔石だけのようだ。

「三十年以上前は魔石なんてなかった。それでも国は正常に機能していた。またその頃の生活に戻ればいいいだけだ」

僕は彼の願いを一蹴《いっしゅう》した。

「そんな……！　余はそなたに言われた通りに罪を白状し、謝ったのに……！」

「それとこれとは話が別だよ。僕はこの国を助けてやるなんて、一言も言っていない」

僕は懐から書類を取り出し、ワルモンドに向かって投げつけた。

「僕が王族から籍を抜く書類だ。速やかにサインしてくれ。僕は二度とこの国に関わらないから、君も僕達には関わらないように！」

ワルモンドが国王になってから、国境の防衛は魔石の張る結界に頼りきり。

城の兵士の数も、国境を守る兵士の数も、貴族が抱える私兵の数も、冒険者の数もみんな減らしてきたのだろう。

だが、この国をモンスターから守る結界はもうない。

これからクルーゲ王国は、国境の警備と魔物討伐に資金と労力を割かなくてはいけない。

まあ、王族の籍を抜ける僕には関係ない話だけど。

「父上が……先代の国王が、魔石が使えなくなった時のために、傭兵や冒険者を雇うお金を貯め、森を手入れして薪を常備し、城で使う水の半分は井戸の水を使うように指示していたはずだけど？

「もしかして君は、先代の国王の指示に従わなかったのかな?」

「それは……」

ワルモンドはバツが悪そうに、僕から視線を逸らした。

父上は僕が魔石に魔法文字を刻んだことも、僕が国中の魔石に魔力を送っていたことも知っていた。

僕の寿命が永遠でないこともわかっていた。

当然、僕が死んで魔石が動かなくなった時の対策も打っていたはずだ。

ワルモンドのことだから、父上の忠告を無視したのだろう。

彼には、有事に備えてお金を貯めるとか、森を手入れして薪を常備しておくとか、いざという時、井戸水を飲めるように手入れしておくとか、最悪な未来を想定して備えをする能力はないからね。

「ワルモンドが先代の国王の指示に従って非常事態に備えていたなら、魔石が使えなくなってもそこまで困ることはなかったはずだよ」

魔石の恩恵を受けていたのは王族と貴族だ。

火や水の魔石を買えない庶民は、ずっと薪や井戸や川の水を使っていた。

平民が受けていたのは結界の魔法文字の恩恵ぐらいだろう。

「ワルモンド、君は何の備えもしてこなかったのかな? もしかして、先代の国王が有事に備えて貯めていたお金を、私利私欲のために使ってしまった? 森も井戸も手入れしてこなかったの? そんなはずないよね?」

図星をつかれたのか、ワルモンドは反論しなかった。

父上が亡くなってから、魔石に流す魔力量が一気に増えた。

おそらく、王族も貴族も魔石に頼り切って、堕落《だらく》した生活を送ってきたのだろう。

「先代の国王の言いつけを忘れ、有事に備えなかったワルモンドも、それを止めなかった重臣達も悪い」

「兄上、せめてあと一年！　いえ、半年だけでも魔石に魔力を流してもらえませんか！」

「嫌だね！　貴重な時間をお前達のために使う気はないよ！」

残された時間はそんなに長くない。

僕はリーゼロッテに新たな戸籍を与え、安心して暮らせる場所を提供しなければならない。

ワルモンドのために使う時間なんてない。

「僕は、これ以上君達の尻拭いをするつもりはない。わかったら、僕を王族から除籍する書類にさっさとサインしてくれないか？　じゃないと、上空に浮かぶ火球を城に向かって放つよ？」

ただ大きいだけの火球だけど、ワルモンドを脅すには充分な効力を発揮している。

ワルモンドは火球に視線を向け、冷や汗を流した。

彼は眉間に皺《しわ》を寄せて唇を引き結び、僕が渡した書類に渡したペンでサインをした。

「そよ風《ブリーズ》」

僕は魔法で風を操り、ワルモンドの手から書類を回収した。

書類に目を通し、必要な箇所にサインがあるか確認する。

「これで僕もリーゼロッテも、この国との縁が切れたわけだ」

彼女は僕と結婚した時に、実家である公爵家から除籍されている。

僕が王族の籍から抜ければ、彼女も王族との縁が切れたことになる。

「さようなら、ワルモンド。君とは二度と会うことはないだろう」

僕は彼から受け取った書類をアイテムボックスにしまった。

「これで全ての用事は済んだ。今度こそ出発しよう！」

「はい、ハルト様」

【異論はございません】

僕がそう合図をすると、リーゼロッテとシャイン君が返事をした。

僕は最後にワルモンドを見た。彼は死人のように白い顔をしている。

「最後に伝えておく！　弓兵を閉じ込めた透明の球体は、あと五時間もすれば壊れる！　魔導士にかけた魔法封じの印も、一カ月後には解けるよ！」

僕はそのことをワルモンドに伝え、魔法陣を消して火球を消滅させた。

結界の稼動しなくなったこの国で、魔導士と弓兵は貴重な戦力だ。

民のためにも、彼らをずっと無力化しておくわけにはいかない。

僕の言葉を聞いた王宮魔導士団と弓兵が安堵の表情を浮かべた。

【グォォォォォオオオオオオオオオオ!!】

シャイン君が来た時と同じくらいの音量で雄叫びを上げ、翼を羽ばたかせる。

風圧で城の中庭にあった木が何本か折れ、城の窓のガラスが割れて壁に亀裂《きれつ》が走ったが、気にしない。

シャイン君は空高く飛び上がると、海の国とは反対の方向に進み出した。

ワルモンド達に行き先を知られると面倒なので、一度目的地とは反対の方向に飛び、人々にシャイン君の姿を目撃させる。

そのあと、海上で方向を変えてステルスの魔法で姿を消し、海の国に向かう予定だ。

わざわざ姿を消すのは、上空にドラゴンが現れるのを見れば、海の国の人達が怯えてしまうからだ。


城を離れ、シャイン君は上空を高速で移動する。

それでも、僕達が乗った席は僕の張った結界に覆われているから風圧はかからない。

とても快適な旅だ。

城を発って五分ほどした時「アタシ、クルーゲ王国に忘れ物しちゃった。先に行ってて」と今まで静かだったアダルギーサが急に喋《しゃべ》り出した。

ニッと笑った彼女は転移の魔法を使い、姿を消した。

「ハルト様、魔女様は何を忘れたのでしょうか？　ちゃんと戻られますよね？」

リーゼロッテが不安そうな顔で尋ねる。

「アダルギーサの忘れ物が何かは、僕にもわからない。でも彼女ならきっと戻ってくるよ。だから

「心配いらないさ」

彼女は僕に呪いをかけたことに責任を感じていた。

僕の行く末を見届けるためにも、戻らないという選択肢はないだろう。

リーゼロッテにはアダルギーサが何を忘れたのかわからないと答えた。

しかし、僕は彼女の忘れ物が何なのか、だいたい予想がついていた。

アダルギーサのことだ、僕の断罪の仕方では物足りなかったのだろう。

彼女はワルモンド達に追加でお仕置きをしに行ったに違いない。

それがわかっていて、彼女を止めるほど、僕も野暮ではない。

◇◆◇

アタシの名前はアダルギーサ。

人々はアタシを赤の魔女と呼んで恐れている。

アタシは二十九年前、ワルモンドの嘘を信じ、事実確認もせず、本物のウィルバートに呪いをかけてしまった。

しかもそのことにアタシが気づいたのは、最近のこと。

彼には本当に申し訳ないことをした。

アタシは間違えて呪いをかけたことを、本物のウィルバートに謝罪しに行った。

だが、彼はアタシを責めなかった。

彼はその時、自分を「ウィルバート」ではなく、「ハルト」と愛称で呼ぶように言った。

なので、ここからは彼をそう呼ぶことにするわ。

ハルトはどこか達観したように……いえ、全てを諦めたように呪いを受け入れていた。

魔女に呪いをかけられてから三十年が経過すると、その者は死ぬ。

つまり、一年以内に私の呪いが解けなかった場合、ハルトは死ぬ。

しかも呪いをかけられて死んだ人間は天国に行けず、地獄に落ちる。

アタシがそう伝えても、ハルトは動揺しなかった。

「その時は、潔く地獄に行くよ」

ハルトは死ぬことを恐れていなかった。

地獄に落ちることさえ、受け入れていた。

ハルトは良くても、アタシは全然良くないわ。

間違えて呪いをかけた相手を死なせて地獄に送ったなんて、後味が悪すぎるもの。

なんとかしてハルトにかけた呪いを解こうとしたけど、彼は屋敷から一歩も出ようとしない。

だから私は王都に行き、解呪の条件に合う女性を探していた。

そんな時、リーゼロッテが王命によりハルトの元に強制的に嫁がされてきた。

彼女はハルトの相手に相応しいのではないかと、アタシが考えていた少女だった。

ハルトもリーゼロッテを受け入れ、にくからず思っているようだった。

この子なら、本当にハルトの呪いを解けるかもしれない。

だけど、二人とも初々しすぎて、一緒に暮らしていても全然進展しない。

アタシは執事と協力して二人をくっつけようとしたけど、うまくいかなかった。

そんな時、国王から手紙が届いた。

手紙にはリーゼロッテを小間使いとして寄こせと書かれていた。

王命を読んだ時のハルトは人を殺すんじゃないかってくらい、怖い顔をしていたわ。

彼が、城に乗り込んでワルモンドに報復すると言うので、アタシは黒髪のメイドに変装してから同乗した。

アタシが魔女の姿で乗り込んだら、ワルモンドが本当のことを言わなそうだから、わざわざメイドの姿に変装したのだ。

ハルトの報復はぬるかった。

だから追加でお仕置きするために、アタシだけ転移の魔法を使って城に戻った。

メイドの姿では締まらないので、アタシは魔女の姿に戻ってから彼らの前に立った。

ワルモンドとトレネンとデリカの三人に、全ての罪を国民に公表することを誓わせ、念書《ねんしょ》を書かせた。もしアタシとの誓いを破ったら、彼らの姿をゴブリンに変えてやると脅しておいた。

それでもまだ彼らの反省が足りなかったので、彼らの頭の上にクモとムカデとトカゲを落としてやった。彼らの悲鳴が城中に響きわたっていたわ。

これでアイツらも少しは懲《こ》りたでしょう。

ワルモンド達への報復を終えた後、アタシは報復する人間があと三人残っていたことを思い出した。

リーゼロッテとデリカの答案を入れ替えていたミハエルとかいう教師と、デリカだけを優遇してきた公爵夫妻だ。

アタシはシムソン公爵家に行き、公爵夫妻の頭の上にもクモとムカデとトカゲを落とした。

ミハエルとかいう教師は、ハルトの屋敷に行こうとして途中で執事の友達に捕まり、ひどい目に遭わされていた。

彼への報復は私がしなくてもよさそうね。

少しはハルトへの罪滅ぼしになったかしら？

なんだかんだ言って、ハルトは国民に甘いから「結界の魔法文字を刻んだ魔石の三分の一ぐらいは稼動させようかな」……なんてあとで言いそうな気がする。

ハルトにはこれから一年、呪いを解くことに集中してほしい。

だから、ハルトが望んでも魔石には魔力を注がせないつもり。

彼の代わりにアタシがクルーゲ王国の様子を見守ろう。

アタシにだって、モンスターの間引きの手伝いくらいはできる。

国王が愚かだったつけを、国民が払う必要はないわ。

民がある程度強くなったら、魔物を間引きするのをやめるつもりよ。

あとはじれったい二人《ハルトとリーゼロッテ》をくっつけて、ハルトの呪いを解くだけね。

第七章　真実の愛

「ただいま〜〜」

アダルギーサが転移の魔法を使って帰ってきた。

黒髪お下げのメイドの変装はやめて本来の姿に戻り、赤いドレスを纏《まと》っていた。

高速で移動するシャイン君の元に、転移魔法で帰ってくるなんて高度な技術が必要だ。

やはり彼女の魔法は侮《あなど》れないな。

「ところでアダルギーサ、忘れ物は見つかった？」

「ええ、簡単にね」

僕が質問すると、彼女が顔を綻ばせ、口角を上げた。

「そう、それは良かったね」

アダルギーサのしたお仕置きは、なんとなく想像はつく。

彼女は僕以上に、僕が魔女の呪いをかけられて王宮での評価が下がり、僕が不遇の扱いを受けてきたことを気にしているから。

おそらく彼女は城に戻り、僕の汚名を雪《そそ》ぐために奔走《ほんそう》したのだろう。

「アダルギーサ、ありがとう」

「ハルトがアタシにお礼を言うなんて、珍しいわね」

その一言で、僕の言いたいことは彼女に伝わったようで、アダルギーサはどこか嬉しそうだった。

「ところでハルト様、シャインさんはどこに向かって飛んでいるんですか？」

リーゼロッテが疑問を口にした。

そういえば説明がまだだったね。

「屋敷を出る時少し説明したけど、これから海の国、砂漠の国、雪の国の三カ国を順番に回ろうと思っているんだ。最初は海の国に行こう」

「それでは海の国の後は、砂漠の国や雪の国にも行かれるのですか？」

「うん、リーゼロッテさえよければだけど」

「嬉しいです！　私、ハルト様といろんな国を一緒に回ってみたいです！　ハルト様と海に沈む夕日を眺めたり、夜の砂漠でお月様の光を浴びたり、雪原でオーロラのカーテンを見てみたいんです！」

リーゼロッテが子供のように無邪気な笑顔を浮かべる。

「そうだね、僕もリーゼロッテと一緒にいろんな景色を見てみたいな」

これが彼女とする最初で最後の旅になる。

この旅の終わりに、彼女は新しい戸籍と家を手に入れ、僕は……呪いで死を迎える。

「僕はね、リーゼロッテ、この旅を楽しいものにしたいんだ」

「私もです、ハルト様」

リーゼロッテが花のようにふわりと微笑んだ。

この旅を楽しいものにしたいというのは、僕の本心だ。

楽しい思い出をたくさん作って、その思い出を胸に地獄に行こう。

シャイン君は、僕が魔女の呪いが解けずに死んだら、一緒に地獄まで来てくれると言っていたけど、やっぱり彼を巻き添えにはできない。

それに、新しい土地に一人で暮らすリーゼロッテが心配だ。

シャイン君には僕の死後、彼女の側で護衛をしてもらいたい。

僕の最後のわがままを、彼は聞いてくれるかな……

「ハルト、リーゼロッテは？」

「眠ったよ」

僕の隣の席で彼女はくーくーと寝息を立てている。

ドラゴンと対面したり、空を飛んだり、城に乗り込んで人間関係を清算したりしたから、疲労が溜まっているのだろう。

「ハルト、リーゼロッテに膝枕してあげたら？　先日ガゼボで彼女に膝枕してもらったでしょう？恩返ししなさいよ」

「わかったよ。膝枕すればいいんだろ」

とはいえ、男の足は女の子のように柔らかくない。

僕に膝枕されて、リーゼロッテは気持ちいいのだろうか？

それより寝ている彼女の体に勝手に触れてもいいのかな？

これは痴漢行為に当たるのでは……？

僕がうんうんと唸りながら考えていると、突如シャイン君の体が斜めに傾いた。

リーゼロッテの体が僕のほうに倒れてきて、彼女の頭が偶然、僕の膝の上に乗った。

【すみません、ハルト様、少し揺れました】

「大丈夫だよ、シャイン君」

「ナイスアシスト、執事」

どうやら、彼に気を遣わせてしまったらしい。

今の衝撃で、リーゼロッテが目を覚ましたのではないかと心配したが、彼女は変わらずに規則正しく寝息を立てている。

僕の膝の上で眠る彼女は清らかで美しく、地上に舞い降りた天使のようだった。

この子に安全な場所を与え、死ぬまで何不自由のない暮らしをさせてあげたい。

「リーゼロッテは深く眠っているみたいだし、二人に話したいことがあるんだ」

「なに？　恋愛指南なら任せておいて」

【観光案内なら、わたくしがいたします】

楽しそうにしている二人に、旅の目的を話すのは辛い。

「この旅の目的について説明したいんだ」

「ハルトとリーゼロッテの新婚旅行じゃないの？」

【わたくしもそう思っておりましたが】

「違うよ。前にも話したと思うけど、僕はリーゼロッテが安心して永住できる国を探したいんだ。彼女に新しい戸籍と、安全な住居を与えたい。それから………できれば、彼女にふさわしい、新しいパートナーも見つけたい。それがこの旅の目的だ」

リーゼロッテはワルモンドの策略により、無理やり僕と結婚させられた。

僕との結婚は彼女にとって事故みたいなものだ。

他国に着いたら彼女には新たな戸籍を与えるつもりだ。

リーゼロッテには家や国の思惑に左右されることなく、自らの意志でパートナーを選んでほしい。

けれど彼女はシムソン家の長女として生まれ、幼い頃から親や周囲に決められた道を歩んできた。

そんな彼女が自分の力で未来を決めるのは大変かもしれない。

それでも僕は、彼女にはほかの誰かではなく、自分の意思で人生を切り拓いてもらいたいんだ。

「海の国に着いたらリーゼロッテに新しい戸籍を作る。傷一つないまっ白な戸籍を。それで、僕と彼女が婚姻《こんいん》した事実はなかったことになる。彼女は僕に気兼《きが》ねすることなく、新しいパートナーを探せる」

リーゼロッテにとって、僕と結婚させられた事実は悪夢でしかないだろう。

だからこれでいいんだ……

【ですがそれでは、ハルト様にかけられた呪いを解くことは……】

「いいんだよ、シャイン君。他人の恋心を利用してまで解くほどじゃない」

「前にも言ったけど呪いが解けなかったら、一年後にはあなた、死ぬのよ」

「わかっているよ、アダルギーサ。とっくに覚悟はできている」

死ぬ前に汚名も返上できたし、僕のために怒ってくれる仲間も見つけた。

あとは長年虐待されてきた少女を救えれば、充分だ。

「何度も言ったけど、魔女に呪われて死んだ人間は天国には行けないのよ。死後は地獄に落ちるの。それでもいいわけ？」

「いいよ、僕は地獄に落ちてもやっていける自信があるから」

【わたくしはどこまでもお供いたします。ハルト様】

「そのことなんだけどね、シャイン君」

ごめんね、君を地獄への道づれにはできないよ。

「シャイン君には僕の死後、リーゼロッテの護衛をしてもらいたいんだ」

【ハルト様、それはあんまりです……！】

シャイン君の体がぐらりと揺れ、急降下したり、急上昇したりを何度か繰り返した。

【すみません、ハルト様。動揺してしまって……飛行が乱れてしまいました】

「こっちこそごめん。飛行中にする話じゃなかったね」

シートベルトと結界がなかったら振り落とされていた。

「ハルト、最後に一つだけ聞かせて。あなたはリーゼロッテのこと、どう思っているの？　愛してないの？　呪いを解くための協力を彼女に求めないの？『真実の愛』さえあれば、あなたにかけられた呪いは解けるのよ？　くどいようだけど、魔女にかけられた呪いが解けなかったら、あなた一年後に死ぬのよ。死んだら地獄に落ちるのよ、それでもいいの？」

僕はリーゼロッテのことが好きだよ。

僕が彼女への恋心を自覚したのは添い寝した次の日だけど、多分最初に会った時から、僕は彼女に惹かれていた。

初めて会った時、リーゼロッテはやせ細り、染みの付いた服を着て、迷子の仔猫みたいな不安そうな瞳をしていた。

捨てられた小動物みたいで、彼女を放っておけなかった。

リーゼロッテが双子の妹の策略に嵌《はま》り、全てを奪われたと知った時、僕と同じ痛みを抱えている子だと思った。

多分、生きている間……いや死んでからも、彼女より好きになれる人は現れないだろう。

僕はリーゼロッテが好きだ。

好きだからこそ手放したい。幸せになってほしい。

リーゼロッテは優しい。

僕が「呪いを解くために『真実の愛』の相手になってほしい」とお願いしたら、リーゼロッテは協力してくれるだろう。

彼女は僕の呪いを解くために、僕を愛そうと努力するだろう。

だけど同情で誰かを愛することが、『真実の愛』といえるのかな？

リーゼロッテが僕を愛そうとした結果、それでも同情以上の感情が持てなくて、僕の呪いが解けなかったら……？

彼女は自分を責め、僕を救えなかったことを、きっと一生悔やむ。

僕は、好きな人にそんな思いをさせたくない。

「リーゼロッテのことは愛してないし、彼女を愛することはこれからもないよ」

そう言葉にした時、心臓がズキリと傷んだ。

嘘でもこんなことを言うのは辛い。

リーゼロッテが眠っていて良かった。

こんなひどい言葉、彼女には聞かせたくないから。

「そう、わかったわ。アタシはもう何にも言わない。あんたが手放したことを後悔するぐらい、見目が良くて、内面も素晴らしくて、お金も持っている男を見つけて、リーゼロッテとくっつけるんだから。その時になって後悔しても遅いのよ」

「僕は後悔なんてしないよ」

嘘だ、もう後悔している。

リーゼロッテの隣に見知らぬ男が立ち、その男がリーゼロッテの肩を抱いているところを想像しただけで、嫉妬の炎で燃え尽きそうになっている。

でも僕はリーゼロッテを手放さなければならない。彼女の幸せのために。

心臓が痛くても、胸が苦しくても、我慢しなくてはいけないんだ。

「ハルトの……意地っ張り」

「アダルギーサ、何か言った？」

「気のせいでしょう、何にも言ってないわよ」

「そう、それならよかった」

時々、前方から大きな水の塊が飛んでくる。

ここは結界の中だから雨ではない。

しばらくして、それがシャイン君の流した涙だと気づいたけど、僕は彼にかける言葉が見つからなかった。

シャイン君の流した涙は七色の虹に変わった。

◇◆◇

シャインさんの背に乗り、景色を楽しんでいるうちに、私はいつの間にか眠ってしまったみたいです。

シャインさんの体がぐらりと揺れ、振動で目が覚めました。

【すみません、ハルト様。動揺してしまって……飛行が乱れてしまいました】

「こっちこそごめん。飛行中にする話じゃなかったね」

ハルト様とシャインさんはどんな話をしていたのでしょうか？

シャインさんが動揺するほどの話とは？

「ハルト、最後に一つだけ聞かせて。あなたはリーゼロッテのこと、どう思っているの？　愛してないの？　呪いを解くための協力を彼女に求めないの？　『真実の愛』さえあれば、あなたにかけられた呪いは解けるのよ？　くどいようだけど、魔女にかけられた呪いが解けなかったら、あなた一年後には死ぬのよ。死んだら地獄に落ちるのよ、それでもいいの？」

…………！

一瞬、私の思考が止まりました。

……ハルト様が死ぬ？　魔女様がかけた呪いで、しかも一年以内に？

『真実の愛』の力があれば呪いが解けることは知っていましたが、呪いが解けなかった時、そんな代償があるなんて知りませんでした……！

心臓が嫌な音を立てています。

私はハルト様のことをお慕いしています。

でも彼が私を愛していなかったら、呪いは解けません。

「リーゼロッテのことは愛してないし、彼女を愛することはこれからもないよ」

胸がズキン……！　と音を立てました。

心臓をナイフで刺されたみたいに痛いです。

そうですよね……ハルト様が私を好きになるはずが……ありませんよね。

彼も私のことを好きだったら……と、一瞬でも期待してしまった自分が恥ずかしいです。

以前、魔女様がおっしゃっていました。

ハルト様の呪いを解く方法は、「お互いがファーストキスである者同士が口付けを交わすことプラスアルファ」だと。

つまり、彼の呪いを解く機会は一度しかないということです。

彼は私を愛してないとはっきりと言いました。

以前、ガゼボでハルト様の膝枕をした時、彼にキスしなくて本当に良かった。

私がどんなに彼を思っていても、彼が私を何とも思っていなければ、呪いが解けることはないのですから。

それどころか、彼の呪いを解く機会を永遠に消失させるところでした。

「そう、わかったわ。アタシはもう何にも言わない。あなたが手放したことを後悔するぐらい、見目が良くて、内面も素晴らしくて、お金も持っている男を見つけて、リーゼロッテとくっつけるんだから。その時になって後悔しても遅いのよ」

魔女様には申し訳ありません。

私はハルト様以外の誰も愛するつもりはありません。

私はこの先きっと、ハルト様以外の人を好きになることはないでしょう。

「僕は後悔なんてしないよ」

ズキンズキン……とまた心臓が嫌な音を立てます。

「後悔しない」とおっしゃったハルト様の声はとても冷たく響きました。

私は、彼に微塵《みじん》も思われていなかったのですね。

彼が私に優しくしてくださったのは、愛ではなく同情だったのですね。

「ハルトの……意地っ張り」

「アダルギーサ、何か言った？」

「気のせいでしょう、何にも言ってないわよ」

「そう、それならよかった」

そのあと、ハルト様と魔女様は何も話さなくなりました。

彼が私に優しくしてくださった理由は同情でも構わない。

ハルト様が『真実の愛』のお相手を見つけられたら、彼にかけられた呪いは解けるのですよね？

彼の呪いが解けるなら、その相手が私じゃなくても構いません。

それは、ガゼボで初めてハルト様の過去を知った時に思ったことです。

でも、あれからいろいろあって、私は彼を愛してしまった。

彼の真実の愛の相手になれたらと願ってしまった。

ハルト様が私以外の人を愛するのは辛い。

彼がほかの女性の耳元で愛を囁《ささや》くのも、口付けするのも嫌です。

でもハルト様を死なせないためには、彼が偽りなく愛せる方を見つけなくてはいけません。

決めました。

ハルト様は今回の旅で三カ国を巡るとおっしゃっていました。

必ず一年以内に、ハルト様の『真実の愛』にふさわしいお相手を見つけます。

絶対に彼を死なせたりはしません。

ハルト様が死んだあと、地獄に落ちるなんてそんなの嫌です。

彼には呪いを解いて、幸せに長生きしてほしいです。

その時、彼の隣に立っているのが私じゃなくても……

ハルト様が愛する人とともに幸せに長生きできるのなら、この心臓の痛みにも耐えられます。

◇◆◇

ハルトに地獄へのお供を断られた執事は動揺したのか、しばらく飛行が安定しなかった。

執事は蛇行飛行を繰り返し、時折大粒の涙の塊が飛んできた。

飛行中にあんな話をしたハルトが悪いわ。

でも執事の蛇行飛行のお陰で、リーゼロッテは目を覚ますことができた。

ハルトの膝の上で狸寝入りしながらアタシ達の話を盗み聞きするなんて、あの子も可愛いことするじゃない。

リーゼロッテはハルトの話を聞いて、かなり動揺していたみたいね。

あの二人はお互いに想い合っているのに、恋愛初心者すぎて全く進展しない。

見ているこっちがやきもきしてしまうほどじれったい。

アタシがハルトにかけた呪いは『真実の愛』によって解ける。

『真実の愛』それは相手を大切に思う心。

ハルトは自分の命よりリーゼロッテの幸せを優先した。

リーゼロッテも自分の幸せより、ハルトの幸福を願っている。

二人共心から思い合っている。

あとはハルトとリーゼロッテがお互いの素直な気持ちを告白し、ファーストキスを交わせばハルトの呪いは解ける。ワルモンドにはどう逆立ちしても解けない呪い。

呪いをかけた対象者が絶対に解けない呪いをかける。

……魔女が悪しき存在と言われる所以《ゆえん》ね。

ハルト、あなたを魔女の呪いで死なせたりしないわ。

リーゼロッテをこの歳で未亡人にする気？

二人の出会いは政略結婚だったかもしれない。

だけど一緒の屋敷で暮らすうちに、二人は本当に思い合うようになった。

リーゼロッテにとって、ハルトは最愛の夫なのよ。

あなたの代わりなんていないの！

そのことにさっさと気づきなさい。

ハルト至上主義の執事が、あなたを一人で地獄に送るとでも思ってるの？

あんなに忠実な執事を泣かせるんじゃないわよ。

あなたは誰にも迷惑をかけないつもりで、一人で地獄に行くと決めたんだろうけど、その選択は間違っているわ。

ハルト、あなたは地獄に落ちていい存在じゃない。

あなたを大切に思っている人間が一人、魔女が一人、ドラゴンが一人いるんだから、そのことを忘れないで。

◇◆◇

『リーゼロッテ、起きているんでしょう？　今、アタシはあなたの心にテレパシーで話しかけているわ』

魔女様は、私が狸寝入りしているとお見通しだったようです。

彼女はテレパシーまで使えたのですね！

『あなたのことだから、自分が身を引いて、ハルトの真実の愛の相手を探し、彼の呪いを解いてあげようとでも思っているんでしょうけど、甘いわよ！』

それは一体どういう意味でしょう？

『よく考えなさい。魔術馬鹿で、自分さえ我慢すればいいみたいなこと考える面倒くさい性格よ。その上、いい年して恋愛初心者で、挙句《あげく》に魔女に呪いをかけられた不幸な男を愛する女なんているると思う？　断言してもいいわ！　こんなポンコツ好きになる女なんて、あなた以外にいないわ！』

魔女様、それは言いすぎです。

ハルト様は誰よりも優しいから、自分のことよりも周りを優先してしまうだけです。

『しかもハルトは実年齢四十一歳だけど、見た目は十二歳よ！　まともな大人の女は、子供姿のハルトに恋なんかしないわ！　しかもいい女は、大概《たいがい》ファーストキスなんか経験済みよ！』

そ、それはたしかに盲点でした。

『ハルトに寄ってくるのは十歳前後の子供ぐらいね。だけどハルトはその年代の幼女は守備範囲外よ！』

そうですよね。ハルト様は見た目は子供ですが中身は大人、幼女には興味ないですよね。

『リーゼロッテ、魔術馬鹿のこの男を心から愛する女なんて、あなたぐらいしかいないのよ！　わかったらさっさと寝た振りをやめて、この意気地なしのヘタレ男に自分の気持ちをぶつけなさい!!』

今、私が起きなければ、ハルト様はきっとご自分の気持ちを隠してしまうでしょう。

もしかしたら、私をどこか安全な地に残して、姿を消してしまうかもしれません。

そうなったら、ハルト様はお一人で最後を迎えることに……！

そんなの、絶対に耐えられません！

私はハルト様を助けたい！

彼の呪いを解きたい！

ハルト様に生きてほしい！

これからも彼と同じ時間を過ごしたい！

私は瞳を開け、上半身を起こしました。

夕日が空を染めています。

今まで寝たふりをしてハルト様に膝枕されていたことを思うと、急に恥ずかしさが込み上げてきました。

でも今からもっと恥ずかしいことを告げるんです。

そんなことを気にしている場合ではありません。

一生分の勇気を使って、ハルト様に伝えなくてはいけないことがあるんです！

「リーゼロッテ、起きてたの？　いつから？」

私が起きているとは思わなかったのか、ハルト様は目をパチクリとさせました。

「すみません。盗み聞きするような真似をしてしまって。実はシャインさんが体を揺らした時に目が覚めていたんです」

「そう、そんなに前から……。それじゃあ君は、僕達の会話を……」

ハルト様の瞳に影がさしています。

「すみません。全部聞いてしまいました」

「そうか……。聞いていたのなら話が早い、ごめんね。あれが僕の気持ちだから……」

彼は寂し気に目を伏せました。

ハルト様は、私のことを愛してないし、愛することもないと言っていました。

その言葉を聞いて一度は諦めるつもりでした。

私ではハルト様の『真実の愛』の相手になれないのなら、ほかの誰かにハルト様に呪いを解いてもらおうと思っていました。

でも……それと自分の気持ちに蓋《ふた》をすることは違うはずです。

「私はハルト様が好きです！　たとえあなたが私を愛していなくとも、私はハルト様のことが大好きです！」

私は彼に気持ちを伝えました。

心臓が煩いくらいドキドキと音を立てます。

ハルト様の顔をまっすぐ見られません。

勇気を出してハルト様の顔を見ると、彼の頬は赤く色づき、驚きと困惑が入り混じった表情でこちらを見ていました。

彼の顔が赤いのは、夕日のせいだけじゃないですよね？

「最初は素敵な人を見つけて、ハルト様の呪いを解いてもらおうと思っていました。だけど自分の気持ちを抑えられませんでした」

ハルト様が呪いで命を落とすまでにあと一年。

その間にハルト様の『真実の愛』のお相手を見つけ、彼の呪いを解くのはきっと、想像する以上に難しいでしょう。

それなら、私がハルト様の『真実の愛』の相手に立候補したほうが、まだ彼の呪いが解ける可能性が高いはずです。

私はハルト様に死んでほしくありません！

「初めて会った日、ハルト様は魔石に魔力を込めていたせいで魔力が不足していたはずです。その状態でも私を助けるために、魔法を使ってくれました」

彼は最初から私に優しかった。

「ハルト様はありのままの私を受け入れてくれました。あなたは王都で流されていた私のひどい噂を知っていました。ですが、あなたは噂を信じなかった。私自身を見て、人柄を判断しようとしてくれた」

それがどれほど嬉しかったか、言葉にするのが難しいほどです。

「ハルト様がいたから、私は王太子殿下やデリカに対面できました。今まで溜まっていた不満を二人にぶつけることができました。ハルト様が私を変えたんです」

ハルト様に出会えなかったら、私はきっと今頃、一人で泣いていたかもしれません。

「両親も、双子の妹も、かつての婚約者も、私のことを理解してくれませんでした。私のことを初めて理解してくれたのがハルト様なんです」

言葉にして気づきました。

私は、自分で思っている以上にハルト様を大切に思っていることに。

彼を諦めるなんてできません！

「ハルト様の呪いを解く、『真実の愛』の相手として私はふさわしくないですか？　私はハルト様のためなら、何でもする覚悟があります！　だから新しく戸籍を作って、新しいパートナーを見つけろ、なんて言わないでください!!」

ハルト様は、私の言葉を聞いて戸惑っているようでした。

彼の目は大きく見開かれ、頬は紅色に染まり、口は少し開いていました。

彼の返事を聞くのが怖いです。

でも逃げるわけにはいきません。空の上では逃げる場所もありません。

ハルト様はずっと黙っていました。

静けさに、こんなにも心が締め付けられるとは思いませんでした。

「女の子がここまで言ってるのよ。ハルト、あなたからは何か言うことはないの？」

魔女様が助け舟を出してくれました。

「あーー、僕は……見た目は子供だけど、実年齢は四十一歳のおじさんだよ？」

ハルト様がやっと口を開きました。

彼は目を伏せ、照れくさそうに視線を逸らしながら、言葉を紡《つむ》いでいます。

「知っています」

私は年齢差なんて気にしません！

「僕とワルモンドは双子の兄弟だ。元の姿に戻った僕は、弟にそっくりかもしれないよ？」

彼はぎこちない笑みを見せました。

彼の眉は上がり、口元は緊張と自虐が混じりわずかに引き攣《つ》っていました。

「構いません」

そんなことで私の気持ちは変わったりしません。

「いや、彼は国王として髪とか肌とか手入れされているから、年齢の割に見た目はそんなにひどくなかった。僕が元の姿に戻ったら、髪の毛が薄くて、お腹が出ていて、加齢臭がして、口が臭いかもしれないよ……？　君はそれでもいいの？　そんな僕でも受け入れられる？」

私にそう問いかける彼は、不安げな瞳で自嘲《じちょう》的な笑みを浮かべていました。

「初めてハルト様にお会いした日、私は染みの付いた祖母の古着を着ていました。髪も肌もボロボロでした。あなたは、そんな私を受け入れてくれました。だから私もどんな姿のハルト様でも受け入れます。ハルト様が大人になった姿が想像と違っていても構いません。ハルト様がどんな姿になっても、私の気持ちは変わりません！　あなたが大好きです！」

彼が元の姿に戻りたくなかった理由の一つは、子供の姿からいきなりおじさんの姿になることを気にしていたからなんですね。

「君が、僕のことをそこまで思ってくれているなんて知らなかった」

温かいまなざしで私を見つめる彼の頬は、ほのかに紅潮していました。

「そっか、君は僕がおじさんになっても愛してくれるんだ……。そんなこと言われたら、君を手放せなくなる……」

ハルト様、今の言葉は一体……？

「初めて君が僕の家に来た時、君は雨の日に捨てられた仔猫みたいに儚げで、疲れ果てていて、不安げな目をしていた。だから僕は君を放っとけなかった。君が双子の妹に嵌められたと知った時、弟に嵌められて破滅した過去の自分の姿を重ねた。君は素直で、明るくて、優しくて、努力家で……君がいるだけで家の中が華やいで見えたよ」

ハルト様の声はとても穏やかで、少し感傷的なトーンでした。

彼の口元は優しく微笑んでいました。

ハルト様は私のことを、そのように思っていてくれたのですね。

「僕の呪いに巻き込みたくないから、君を遠ざけようと思ったのに……」

彼の翡翠《ひすい》色の瞳がまっすぐに私を見つめています。

私の心臓が、早鐘を打つようにせわしなく鳴り響きます。

「僕も君が好きだよ。君を手放せなくなってしまった。君をずっと僕の傍《そば》に置いておきたい」

ハルト様は穏やかな口調でそうおっしゃり、大切な物を見るかのように目を細められました。

「私は一生ハルト様の傍《そば》にいます！　絶対、絶対離れたりしません!!」

ハルト様が好きです。

大好きです。

私の目から涙がボロボロとこぼれ落ちました。

好きな人に思われているって、こんなに嬉しいことなのですね。

「泣かないで、リーゼロッテ。君に泣かれると弱いんだ」

彼は困ったように言いました。

ハルト様がポケットからハンカチを取り出し、私の頬にそっと押し当てました。

ガゼボで涙を拭ってもらった時と同じように、よくプレスされたハンカチからは、ほのかに柑橘系の香りがしました。

「二人の世界にいるところ悪いけど、キスしないとハルトの呪いは解けないわよ！　キス、キス、キス、キス！」

私は魔女様の声で我に返りました。

そうでした！

ここにはシャインさんの背中の上で魔女様もいるのでした。

私はお二人が聞く中でハルト様に告白したんですね。

羞恥心《しゅうちしん》で顔に熱が集まってきました。

「今、キスしなくちゃいけないの？　それに呪いを解く方法はファーストキスプラスアルファだろ？　そのプラスアルファについてはまだわかってないし……」

ハルト様を見ると、彼の顔もまっ赤になっていました。

彼も人前でのキスが恥ずかしいようです。

「呪いの解き方を知っているアタシが、大丈夫だって言ってるのよ！　わかったらさっさとチューしなさい！」

魔女様がまた囃《はや》し立ててきます。

ハルト様の桃色の唇を意識したら、心臓がドキドキしてきました。

告白しただけでいっぱいいっぱいなのに、人前でキスなんかしたら心臓が持ちそうにありません！

「何が不満なのよ。夕焼けの空、遠くに海が見えて、下には草原が広がっていて、とってもロマンチックなシチュエーションじゃない」

魔女様がおっしゃる通り、たしかにシチュエーションはロマンチックです。

ですが、人前でキスをすることには抵抗が……

「あのね、アダルギーサ、こういうのにはムードも大事で……」

そうですよね。やはりキスはハルト様と二人きりの時に……

「実は告白したその日の日没までにキスしないと、呪いは解けないのよね。大変、日暮れまであと数分しかないわ……！」

魔女様の言葉にドキリとしました。

「ええ……！」

そんなの困ります！　せっかくハルト様と両思いになれたのに！

ハルト様の呪いが解けないなんてそんなの駄目です！

西の空を見ると、太陽が山の陰に沈みかけていました。

一刻も早くハルト様にキスしなくては！

「ハルト様、目を瞑《つぶ》っていてください！　すぐ済みますから……！」

私は彼の頬に手を添えました。

でもキスってどうやってすればよいのでしょう？
口付けする時、呼吸はどうすればいいんでしょうか？
止めていればいいんでしょうか？　それとも普通に呼吸していていいんでしょうか？
わかりません。頭の中がグルグルします。
でもこうしている間にも時間が……！
「無理しないで。君からさせるくらいなら僕からするよ！」
ハルト様の手が私の頬に触れました。
「リーゼロッテ、瞳を閉じて……」
彼の瞳が慈しむように私を見ています。
私はそっと瞳を閉じました。
その少しあと、ハルト様の唇が私の唇に触れる感触がありました……
ハ、ハルト様とキスしてしまいました！
ファーストキスです！
心臓が口から飛び出してしまうくらい、ドキドキしています！
そんなことより、ハルト様の呪いは……！
ハルト様の唇が私から離れていくのを感じ、私はそっと瞳を開けました。
彼の体は黄金色に輝いていました。
もしかして彼にかけられた呪いが解けるでしょうか……？

ハルト様の体を覆《おお》っていた光は徐々に収まっていきます。

光が消えた後、そこにいたのは、金色の髪にサファイアブルーの瞳をした、美しい青年でした。

切れ長の優しそうな瞳、整った眉、穏やかそうな口元、顔は彫刻のように整っていました。

筋肉質な体型の細身の美青年です。

ハルト様は、大人になった自分の姿が弟に似ていたらどうしようと心配されていましたが……そんな心配は無用でした。

陛下はドブ川のように淀《よど》んだ目でしたが、ハルト様は秋の日の空のように澄みきった綺麗な青い瞳をしています。

ハルト様の実年齢は四十一歳ですが、目の前にいる彼は三十代前半ぐらいに見えます。

「ハルトの服、つんつるてんね。アタシが魔法で新しい服を出してあげるわ」

魔女様が魔法でハルト様の服を変えました。

彼女がハルト様に着せたのは、白の上着と同色のシャツにアスコットタイ、青いベストと同色のズボンと黒の靴でした。

白と青を基調にした服は清潔感があって、ハルト様によく似合っています。

「もしかして……僕、元の姿に戻ったの……？」

ハルト様はご自身の変化を、まだはっきりとは自覚できていないようでした。

彼は自分の手を見つめ、呆然としています。

「あー、見ないで！　リーゼロッテ！　ハゲで、デブで、加齢臭のするおっさんになった僕なん

て……！」

ハルト様は、私と目が合うと自身の手で顔を覆《おお》い、体をかがめてしまいました。

「大丈夫ですよ、ハルト様！　四十一歳になったハルト様もとっても素敵です！　髪の毛もふさふさですし、引き締まった体です。顔も陛下に似ていません。陛下は淀んだ目をしていましたが、ハルト様は冬の湖のように澄んだ瞳をしています！　それにハルト様は実年齢よりも十歳は若く見えます！」

ハルト様と陛下は双子の兄弟でした。

彼らが幼かった頃は魔女様でも見分けがつかないぐらい、二人はそっくりな容姿をしていたようです。

双子でも性格や生き方によって、姿形が変わってくると聞いたことがあります。

大人になったハルト様が、陛下に似ていないのはそのせいでしょう。

「本当？　リーゼロッテ？　今の僕は変じゃない？　僕を見て幻滅していない？」

彼が不安げな声で尋ねてきました。

「しません！　ハルト様に幻滅なんてするはずがありません！」

「本当に……？」

彼は指の隙間からこちらをチラリと見ました。

「それどころか四十一歳になったハルト様もかっこいいです！　私は、今の姿のハルト様も大好きです！」

私は彼を安心させたくて、彼に向かってにっこりと微笑みました。

「そっか、良かった～～！」

ハルト様は安堵の表情を浮かべ、顔を覆っていた手を下ろしました。

こんなに素敵なのに、彼は四十一歳になった自分の姿に自信がないのですね。

ハルト様もきっと鏡で自分の姿を確認していたら安心するはずです。

【三人で盛り上がっているなんて狡いです！　わたくしも元の姿に戻ったハルト様を見たいです!!】

シャインさんの呻くような声とともに、雨が降ってきました。

いえ、これは雨ではありません。シャインさんの涙のようです。

シャインさんが急降下を始めました。

【今すぐ着地します！】

「ちょっとやめなさいよ、執事！　今どこにいると思ってるのよ！　毒の沼地の上よ！　降りるとしても、もっと場所を選びなさい！」

どうやら私達が話している間に草原を飛び越え、今は毒の沼地の上を飛んでいるようです。

【アダルギーサ様、そんな殺生な……！】

魔女様に言われ、シャインさんは急降下するのをやめました。

「ハルトの姿を見たいなら、もっとスピード上げなさい！　海の国に着いたら、いくらでもハルトの姿が見れるわよ！」

【そうですね！　その手がありました！　では皆さん、しっかりとベルトにおつかまりください！全速力で飛ばします!!】

シャインさんはそう言うと飛行する速度を上げました。

ハルト様の作った結界に覆われているので、風などの衝撃はありません。

でも速度が上がったことは体感でわかります。

私はとっさにハルト様の手を握っていました。

大人になった彼の手は、大きくてゴツゴツしています。

私に手を握られたハルト様が、びくりと体を震わせました。

ハルト様の顔は朱色に染まっていました。

そんな彼の姿を見ていたら、私も顔に熱が集まってきました。

私はパッと手を放しました。

「すみません、ハルト様、嫌でしたか？」

彼はもう子供の姿ではないのですから、不用意に触れてはいけませんよね。

「違うよ！　そうじゃないんだ！　ちょっとびっくりしただけで……！　その、リーゼロッテが嫌じゃないなら、海の国に着くまでの間、手を……繋いでもいいかな……？」

彼は憂《うれ》いの表情で視線を落とし、ちらりとこちらを見ました。

子供の姿のハルト様は、可愛らしさの中に哀愁《あいしゅう》が漂い、何とも言えないミステリアスな雰囲気を醸《かも》し出していました。

大人の姿になったハルト様は、色気の中に子供のような純粋さが混じって神秘的にも感じます。

そんな彼を見ていたら、心臓の鼓動が早まってしまいました。

「私は全然嫌じゃありません！　……むしろ嬉しいです」

最後のほうは小さな声になってしまいました。

ハルト様にちゃんと届いたでしょうか？

「ありがとう」

彼は目を細め口角を少し上げ、私の手をぎゅっと握りました。

繋いだ手から、彼の体温が伝わってきて……心臓が破裂《はれつ》してしまいそうなぐらいドキドキと音を立てます。

「大人姿になってもハルトはピュアのままなのね。これじゃ二人の仲が進展するのはずっと先になりそうだわ」

【ハルト様、リーゼロッテ様の初々しいやり取り、わたくしも見たいです】

アダルギーサ様達に冷やかされ、私とハルト様は顔を見合わせました。

彼の顔は耳まで赤く染まっていました。

きっと私も、彼と同じように耳まで赤くなっていると思います。

ハルト様がいて、魔女様がいて、シャインさんがいてくれる。

きっとこんな賑やかで、穏やかな日々がずっと続いていくんですね。

ハルト様の呪いが解けてよかった。

私は今とっても幸せです。

「ところで魔女様、ハルト様の呪いが解ける条件というのは何だったんですか？　お互いがファーストキスであることとプラスアルファでしたよね？」

プラスアルファとは結局、何だったんでしょう？

「プラスアルファというのはね。自分のことより相手のことを大切に思ってることよ。ハルトはリーゼロッテの将来のことを思い、彼女に新しい戸籍を用意し、安全に暮らせる場所とお金を用意し、恋愛相手まで用意し、自分は身を引こうとした。リーゼロッテは自分がハルトの『真実の愛』の相手になれないならハルトのことを諦め、彼の呪いを解くために、『真実の愛』の相手を見つけようとした。ハルトもリーゼロッテも、自分より相手を大切に思っていた。その二人が素直に気持ちを告げた後に、ファーストキスを交わせば、呪いは解ける寸法だったのよ」

「そうだったのですね」

「ちょっと待って！　その条件の中に、『告白した日の日没までにキスしなければ呪いは解けない』って入ってないよね？」

ハルト様が魔女様に尋ねました。

そういえば、彼とキスする前に、魔女様はそうおっしゃっていましたよね。

「キスするのって、今日、この場所じゃなくても良かったんじゃないのかな？」

ハルト様がじとりと魔女様を睨みました。

「まあまあ、呪いが解けたんだからいいじゃない。細かいことを気にする男は嫌われるわよ」

「ちっとも良くないよ。君が見ている前で、僕はリーゼロッテに、キ、キスしたんだよ……！　今日の日暮れまでじゃなくてもいいなら、もっとこう、人のいないところで……」

そ、そうですよね。

ハルト様と二人きりの時にキスしても良かったんですよね。

「あなた達みたいなヘタレな恋愛初心者に、『ハルトの寿命が尽きる前ならいつでもいいです』なんて言ったら、ズルズルと引き伸ばすわ。絶対ずっとキスしないで、そのうちに期限が来ちゃったわよ！」

魔女様が残念な物を見る目で、私達を見ました。

「それはまあ……たしかにそうなんだけど……」

ハルト様も反論できないみたいです。

私も魔女様に期限を決めてもらえなかったら、恥ずかしくてハルト様のキスを受け入れられなかったかもしれません。

やはり魔女様に「日暮れまで」、という期限を付けてもらって良かったのかもしれません。

エピローグ

私達が海の国に来てから一カ月が経過しました。

五月の初めにハルト様と出会い、二カ月近い時間が流れました。

ハルト様と過ごす時間は楽しくて、あっという間に過ぎてしまいます。

シャイン様と魔女様が、海の国にとっても素敵な家を用意してくれました。

ハルト様は子供の頃、お城を抜け出して、ダンジョン探索や森や山の探索をしていたらしく、その時に集めたお宝がたくさんあるようです。

その時にハルト様はシャインさんと出会って、彼に戦いを挑まれ、勝利したそうです。

それ以来、シャインさんはハルト様に心酔《しんすい》しているみたいなんです。

お二人で、ダンジョン探索をしたこともあるようです。

ハルト様がお城を抜け出していたことが事実だったため、街で女の子と遊んでいたという冤罪をかけられた時、うまく弁明できなかったそうです。シャインさんがハルト様に尽くしているのは、そのことに罪悪感を覚えているからかもしれません。

お二人にそんな過去があったなんて知りませんでした。

そんな昔話をしながら、私とハルト様と魔女様とシャインさんの四人で海の国で人気のカフェに向かいました。

お洒落な雰囲気のカフェには、若い人を中心に、たくさんのお客さんで賑わっています。

私達は二階のテラス席に案内されました。海が見下ろせてとても眺めがいいです。

シャインさんはカフェメニューを研究し、自宅で再現できないか熱心にメモを取っています。

魔女様は、アプリコットジャムのついたパンケーキを美味しそうに頬張っています。

ハルト様はダージリンティーを優雅にすすっています。

カフェの若い女性店員さんがハルト様を見て、キャーキャーと騒いでいます。

王族の地位を失っても、彼から溢れ出す高貴さは隠せないようです。

彼は、どこに行っても若い女性の視線を集めます。

「店員さんがこっちを見てひそひそ話してる……。もしかして、僕みたいなおじさんが、リーゼロッテみたいな若い子と一緒にいるから、変だって話しているのかな……？」

ハルト様の周りには、どんよりとしたオーラが漂いました。

彼は元の姿に戻ってからこんな感じです。

ハルト様はずっとお屋敷の中にいたので、世間の人の声に慣れていないのです。

「そんなことありません。みんなハルト様のことを見てか……」

私が「かっこいいと話しているのですよ」と伝えようとした時でした。

「ハルト、リーゼロッテ、一つ聞きたいんだけど、あれからちゃんとキスしてる？」

魔女様の質問に心臓が止まりそうになりました。

お茶を飲みかけていたハルト様にむけてしまったようです。

「その様子ではあれから何の進展もないようね。このままじゃダメだわ。二人の仲が進展しないのは結婚式をしてないからよ。今からでも式を挙げましょう！」

「突然何を言い出すかと思ったら……僕達はもう結婚しているんだから、今さら式なんて……」

「ハルト様とリーゼロッテ様の結婚式！　わたくしがお二人の衣装を担当いたします！　腕によりをかけて料理も作ります！　式の準備はわたくしにお任せください！」

「フロックコートを着たハルト様！　きっと素敵です……！」

正装した彼の凛々《りり》しい姿を想像しただけで、胸が高鳴ってきました。

「ほらほら、執事もリーゼロッテも乗り気だし、あなたも覚悟を決めて準備に取りかかりなさい！」

「まあ、リーゼロッテが式を挙げたいなら……僕も彼女のウェディングドレス姿を見たいし……」

「決まりね！　アタシと執事は式の準備をするわ！　あなた達は妖精の国に行って、妖精王に指輪とブーケを作ってもらってきなさい！」

魔女様はそう言って、魔法で絨毯《じゅうたん》を出しました。

「妖精の国への行き方はこの絨毯が知っているわ。あなた達が戻ってくるまでに式の準備を整えておくから、ちゃんと指輪とブーケをゲットしてくるのよ」

なんだかすごい勢いで物事が進んでいきます。

私とハルト様は魔法の絨毯に乗せられ、妖精の国へと連れていかれました。

ハルト様と結婚してから二人きりで出かけたことがなかったので、デートみたいで新鮮です。

妖精の国に辿り着いた私の目に、大きな虹が飛び込んできました。

そこは緑豊かで、絵本のような可愛い建物が並んでいる素敵な場所でした。

手のひらサイズの愛らしい妖精さんが、私達を出迎えてくれました。

「魔女様のお知り合いの方なら大歓迎です。妖精王様はお城にいます。お城まではゴンドラに乗ってお進みください。城まではボクが案内します」

魔女様は妖精王様とお知り合いのようですね。彼女はとっても顔が広いようです。

妖精さんに案内され、私達はゴンドラに乗り込みました。

ゴンドラの中は狭くてハルト様と肩が触れ合ってしまいました。

「この先は揺れるから気をつけてくださいね」

船頭さんがそう言うと、ゴンドラが大きく揺れました。

「キャッ」

バランスを崩しそうになった私をハルト様が支えてくれました。

彼に抱き寄せられ、胸がトクンと音を立てました。

「大丈夫、リーゼロッテ？」

「はい、ハルト様」

大人になったハルト様は力強くて逞《たくま》しくて頼もしくて……とってもかっこいいです。

「この先は揺れがひどくなるから、チューはご遠慮くださいね」

ハルト様と見つめ合っていたら、船頭さんにからかわれてしまいました。

「しないよ！」

「しません！」

本当は、ハルト様とキス……したいです。

ハルト様ともっと触れ合いたいし、彼ともっと距離を縮めたい。

でもそんなこと、恥ずかしくて言えません！

そうこうしているうちに、ゴンドラが目的地に着きました。

船を降りると、そこにはお花畑が広がっていました。

黄色や青やピンクなど、色とりどりのお花が咲いています。

「ブーケ用の花は、ここで摘んでくださいね」

案内役の妖精さんがそう教えてくれました。

妖精王様に指輪を作ってくれるようにお願いしたら、指輪ができるまでここでお花を摘むのもいいかもしれません。

お花畑を抜けると、大きなお城が見えてきました。白を基調にした上品で壮麗な建物です。

私達は玉座の間に通されました。

玉座には、長髪の若い男性が座っています。

「君達はアダルギーサの知り合い？　いいよ、いいよ。今暇だし、指輪を作るよ」

妖精王様は私とハルト様の左手の薬指のサイズを測りました。

「えーと、新郎と新婦の指輪のサイズはこのくらいで、素材は銀で、デザインはシンプル。指輪の内側に『永遠の愛を誓う』と書けばいいわけね。ＯＫ、これならすぐできるよ。花畑で花でも摘んで待っていて」

指輪ってそんなに簡単にできるものなんですね。

いえ、きっと妖精王様が卓越《たくえつ》した技術の持ち主だからできることなんですよね。

「結婚指輪とは別に、もう一つ指輪を頼みたいんだけど……」

ハルト様が妖精王様と、コソコソと話していました。

私に内緒で何を話しているんでしょうか？　気になります。

妖精王様が指輪を作っている間、私達は花畑でブーケ用の花を摘むことにしました。

それぞれに花を摘んで、あとで摘んだ花を見せ合いました。

私はハルト様の髪の色に近い黄色の花と彼の瞳の色の青い花を、ハルト様は私の髪の色に近い白い花と瞳の色の紫の花を摘んでいました。

示し合わせたわけでもないのに、お互いの髪と瞳の色を採取していたのですね。

それがわかった時、とても幸せな気持ちになりました。

私達が集めたお花に妖精さん達がリボンをかけて、可愛らしいブーケにしてくれました。

お花を摘み終わった私達は妖精王様から指輪を受け取り、魔法の絨毯に乗って家に帰りました。

家の前まで来ると扉や壁中にお花やリボンが飾り付けられているのがわかりました。とても華やかな雰囲気です。

それから、家の中からお料理の良い匂いがします。

「おかえりなさいませ。ハルト様、リーゼロッテ様。式の準備は整っていますよ」

シャインさんが出迎えてくれました。

彼に案内されて家に入ると、室内も優雅に品よく飾り付けられていました。

彼の話では、大広間に披露宴の準備もされているようです。

「そしてこれが、わたくしが一針一針思いを込めて作った結婚式の衣装です！」

玄関ホールで、シャインさんが見せてくれたのは、白のフロックコートを着たマネキンとベルラインの純白のウェディングドレスを着たマネキンでした。

シャインさんはこの短時間に洋服を縫ってお料理を作り、会場の飾り付けまでしていたのですね。

シャインさんは竜なので、人間の何倍も仕事をこなし、万能な上に仕事が早いです！

「ハルト、リーゼロッテ、おかえり。二人には早速着替えてもらうわ。リーゼロッテはこっちでメイクをして、髪型も整えましょう」

「ハルト様の着付けはわたくしがいたします」

私の着付けは魔女様が、ハルト様の着付けはシャインさんがしてくれることになりました。

私は薄く化粧も施され、髪は三つ編みにしたあと、まとめ上げられました。

着付けが終わると、中庭に案内されます。

そこには式場が作られていました。豪華な祭壇《さいだん》と、祭壇まで続くまっ赤な絨毯。

絨毯の左右には教会にあるような長椅子が配置され、妖精さん達が座っていました。

祭壇にいるのは、もしかして大教皇様でしょうか？

「招待客が少ないと盛り上がらないから、さっき絨毯だけ妖精の国に行かせ、妖精を連れてきたわ。大教皇は隣国から連れてきたのよ。準備は全て整えたから、あとは二人が祭壇の前で愛を誓うだけね」

魔女様は、大教皇様を平和的な手段で連れてきたんですよね？

真相は怖くて聞けません。

そこにシャインさんに連れられたハルト様がやってきました。

「ハルト様、とっても素敵です!!」

彼は純白のフロックコートを優雅に品よく着こなしていました。

長身で足の長い彼は、何を着ても映えます。

「リーゼロッテも……その、す、すごく魅力的だよ。ドレスも髪型も……いや、君自身が……とても綺麗だ」

ハルト様は照れくさそうに頬を染め、私の目を見て伝えてくれました。

彼に褒められて、私はほわほわした気持ちになりました。

出会った頃のハルト様は私から目を逸らし、服を褒めるのが精一杯でした。

でも今日は、ちゃんと私の目を見て『綺麗だ』と言ってくれました。

彼のその変化がとても嬉しいです。

「ハルトは式の前に、これを飲んでね」

魔女様はハルト様に、コップに入った液体を渡しました。

「ありがとう、ちょうど喉《のど》が渇いていたんだ」

ハルト様がグラスに入った飲み物を一気に飲み干しました。

その瞬間、彼の体を金色の光が包みました。

「魔女様、ハルト様に何を飲ませたんですか？」

「若返りの薬よ」

「えっ？」

「大人の姿になってから、ハルトが年齢のことを気にしてたから、この機会にちょっと若返らせようと思って用意しておいたの。彼にはたくさん迷惑かけたから、そのお詫びを兼《か》ねてね」

ハルト様の体から徐々に光は消えていきます。

完全に光が消えたあと、彼の髪は前よりも艶が増していました。

お肌も以前よりピチピチしています。彼の身長はあまり変わっていませんでしたが、体型は以前より少しほっそりしていました。端正な顔にはまだあどけなさが残り、二十歳ぐらいに見えます。

「はい、鏡。どう？　二十一歳になった自分の姿は？」

魔女様は魔法で全身を映すことができる大きな鏡を出しました。

「歳増やしの薬もあるから、四十一歳の体に戻りたくなったらいつでも言ってね」

魔女様は、そう言って片目をつぶりました。

ハルト様は姿見に映った自分の姿を見て、安堵の表情を浮かべています。

「以前、リーゼロッテはどんな姿の僕でも愛して、受け入れると言ってくれたけど、僕は君に見合う若い姿でいたい。この姿なら誰に気兼ねすることもなく、君の隣にいられるから。僕は君と一緒に歳を重ねていきたい。それは僕のわがままかな？」

ハルト様は目を細め、視線を落とし、心細そうな表情で尋ねてきました。

「私は十二歳のハルト様も、四十一歳のハルト様も今のハルト様も全部好きです！　大好きです！」

私は笑顔でそう伝えました。

ハルト様のお姿が変わっても、私の想いは変わりません。

「そう、君にそう言ってもらえて良かった！」

ハルト様が目を細め、口を大きく開き、満面の笑顔でそう言いました。

彼の、これほどまでに嬉しそうな顔を見るのは初めてかもしれません。

彼はご自身の年齢について、私が想像している以上に気にしていたようです。

「行こう、リーゼロッテ、祭壇の前で君に永遠の愛を誓うよ」

彼に差し出された手を、私はそっと掴みました。

「はい、ハルト様」

そして厳《おごそ》かな雰囲気の中、式が始まりました。

「新郎ハルト、あなたは富める時も貧しい時も、健やかなる時も病める時も、新婦を愛し、慈しみ、大切にすることを誓いますか？」

「誓います」

「新婦リーゼロッテ、あなたは富める時も貧しい時も、健やかなる時も病める時も、新郎を愛し、慈しみ、大切にすることを誓いますか？」

「はい、誓います」

「では誓いのキスを」

ハルト様がベールを上げ、私の唇にそっと口付けました。

これがハルト様と交わす二度目のキスです。

「次に、指輪の交換を」

妖精王様に作ってもらった結婚指輪を、お互いの指に嵌め合いました。

「二人を夫婦と認めます」

大教皇様がそう告げると、会場から拍手が起こりました。

「リーゼロッテ、君にもう一つ渡したいものがあるんだ」

ハルト様はポケットから小さな箱を取り出しました。

箱の中には、大きなアメジストがついた素敵なデザインの指輪が入っていました。

「ハルト様、これは？」

「結婚指輪を作りに行く時、妖精王に注文したんだ。指輪についているアメジストは、子供の頃にダンジョンを探索した時に手に入れたものなんだよ」

そんな思い出のある品だったのですね。

「僕達は婚約期間を挟まずに結婚したから、婚約指輪を渡してなかったなって気づいてね。だから妖精王に頼んで、婚約指輪も作ってもらったんだ。普段は結婚指輪を着けて、特別な時には婚約指輪も着けてほしいな」

ハルト様は恥ずかしそうに微笑みながら、指輪の入った箱を手渡してくれました。

「ありがとうございます、ハルト様。私、この指輪を一生大事にします」

自然と涙が溢れてきました。

心臓がトクントクンと音を立てています。

感動で胸がいっぱいです。

間違いなく、私の今までの人生で今日が一番幸せな日です。

「次はブーケトスの時間よ。未婚の女性は全員並んで！」

魔女様がそう声をかけると、式場の外に未婚の女性が並びました。そのほとんどは小さな妖精さん達です。

この幸せが次の誰かに届きますように。

私はそう願いを込めてブーケを空に放ちました。

この作品に対する皆様のご意見・ご感想をお待ちしております。

おハガキ・お手紙は以下の宛先にお送りください。

【宛先】

〒150-6019 東京都渋谷区恵比寿4-20-3 恵比寿ｶﾞｰﾃﾞﾝﾌﾟﾚｲｽﾀﾜｰ 19F
（株）アルファポリス　書籍感想係

メールフォームでのご意見・ご感想は右のＱＲコードから、
あるいは以下のワードで検索をかけてください。

アルファポリス　書籍の感想　検索

ご感想はこちらから

本書は、「アルファポリス」（https://www.alphapolis.co.jp/）に掲載されていたものを、
改稿、加筆のうえ、書籍化したものです。

彼女《かのじょ》を愛《あい》することはない
王太子《おうたいし》に婚約破棄《こんやくはき》された私《わたし》の嫁《とつ》ぎ先《さき》は呪《のろ》われた王兄殿下《おうけいでんか》が暮《く》らす北《きた》の森《もり》でした

まほりろ

2025年 2月 5日初版発行

編集－桐田千帆・大木 瞳
編集長－倉持真理
発行者－梶本雄介
発行所－株式会社アルファポリス
〒150-6019 東京都渋谷区恵比寿4-20-3 恵比寿ｶﾞｰﾃﾞﾝﾌﾟﾚｲｽﾀﾜｰ19F
TEL 03-6277-1601（営業） 03-6277-1602（編集）
URL https://www.alphapolis.co.jp/
発売元－株式会社星雲社（共同出版社・流通責任出版社）
〒112-0005 東京都文京区水道1-3-30
TEL 03-3868-3275
装丁・本文イラスト－晴
装丁デザイン－AFTERGLOW
（レーベルフォーマットデザイン－ansyyqdesign）
印刷－中央精版印刷株式会社

価格はカバーに表示されてあります。

落丁乱丁の場合はアルファポリスまでご連絡ください。

送料は小社負担でお取り替えします。


ISBN978-4-434-35183-9 C0093